Storie di amanti viaggiatori

Cristiana Pezzotti

Storie di amanti viaggiatori

Pubblicato da Edizioni Open, Roma © 2026

Cover artwork: © José Alberto Cervantes López

ISBN: 9791281128323

Revisione testo: Tatiana Covino
Editing: Tiziano Pitisci
Impaginazione: Micol Fusca

Edizioni Open di Tiziano Pitisci | P.IVA 16134571005

Videopresentazione a cura dell'Autore

Per visualizzare il video, inquadra il presente QR code con la fotocamera del tuo smartphone:

A me stessa, perché credo di meritarmelo.

"Dicono di me che esco poco da Milano, dalla mia casa e perfino dalla mia stanza. É vero. Non mi piace viaggiare. O meglio, sono un viaggiatore immobile."

Guido Crepax

Prefazione

Mare, sole e riviera romagnola. Siamo a fine agosto, l'estate volge al termine e nell'aria si respira già settembre, la sua dolce malinconia. Non sono mai stata a Riccione, Cristiana invece ci viene ogni estate. Insieme alla famiglia affitta una bellissima casa bianca e gialla, di fronte al mare. Di rientro dalle ferie, ho deciso di raggiungerla per un breve saluto e una giornata insieme.

Ci sediamo in un piccolo bar sulla spiaggia, beviamo una cedrata dal sapore di altri tempi e chiacchieriamo un po'. Il tempo non è dei migliori: l'altro ieri ha fatto tempesta, oggi di nuovo minaccia, ma decidiamo comunque di provare a farci un bagno. Lasciamo borse e vestiti sotto un enorme ombrellone arancione, ci incamminiamo verso la riva insieme a due dei nostri figli, Elia e Carolina. Non si sono mai visti, si conoscono oggi per la prima volta. Li lasciamo andare avanti, restiamo a osservarli fare amicizia da lontano, in quel modo schietto, trasparente che hanno gli adolescenti di stare al mondo.

Quando l'acqua ci arriva alla vita, Cristiana si ferma e mi guarda. «Volevo chiedertelo davanti al mare.» Sorride. Intorno, di fronte a noi è tutto limpido, e blu. «Voglio che sia tu a scrivere la prefazione agli *amanti viaggiatori.*»

E non ricordo se rispondo, o semplicemente esplodo e come una matta le salto collo, perché, va da sé, è ovvio che è un *sì.* Ricordo, subito dopo, il cielo gonfio, il rumore dei tuoni e i nuvoloni scuri. Il bagno mancato che non riusciamo a fare, la tempesta improvvisa ci lascia giusto il tempo di recuperare borse vestiti e famiglie, correre al riparo dentro l'enorme casa bianca e gialla.

Aspettiamo che il temporale passi bevendo tè, mangiando Gocciole e giocando a carte. Io e Cristiana ci guardiamo, ogni tanto. Sorridiamo. Grazie cielo, grazie pioggia, che ci avete dato il tempo di vivere di fronte al mare un momento bellissimo, prima di scatenare l'ira di Dio.

Perché ve lo sto raccontando? Perché è così che nascono le storie.

Ne *L'odore della mia terra,* tra i primi racconti ad aprire questo libro, una donna si rivolge al suo amante. Gli chiede: *«Tu, cosa hai visto del mondo?»*

«Del mondo, ho visto poco» risponde lui *«ma occhi ne ho visti. E quegli occhi, un po' di mondo me lo hanno raccontato.»*

È un'immagine bellissima, mi piace pensare racchiuda il senso stesso del vivere, della scrittura.

Non soltanto i libri, ma le persone: ascoltarle, farle nostre, saperle leggere, capire. Saperle raccontare. Cristiana in questo è abilissima. *Storie di amanti viaggiatori* nasce così: l'amore per il viaggio, l'amore per la gente, l'amore per l'America Latina – l'amore. La passione nel vivere, l'urgenza di raccontarlo. Perché le storie, in fondo, sono il nostro sguardo sul mondo. Quello che decidiamo di fare con ciò che ci accade.

Fra il vivere e l'immaginare corre una distanza lieve, scrive Cristiana, e sceglie di stare esattamente lì. Si muove sul bilico, confonde le carte, vengono meno i confini: la dimensione della vita diventa la dimensione stessa della scrittura. L'autrice raccoglie le realtà davvero vissute e i sogni soltanto sognati, sceglie i migliori come dall'albero i frutti buoni. Rimescola, tesse le trame, li rende pronti – ce li restituisce attraverso una delle armi più potenti della tradizione: il racconto.

Ci sono infiniti modi di viaggiare, come infiniti sono i modi di amare.

Si può viaggiare stando fermi, senza uscire dalla propria stanza, come nel primo *Intermezzo*. Qui non è il mondo, ma la mente, a viaggiare. Oppure si può viaggiare via da tutto, anche dal proprio corpo, come ne *L'unico fiore della casa,* dove una ragazzina abbandonata dall'amore sceglie di abbandonare ogni cosa, perfino sé stessa.

Oppure si può viaggiare davvero, fare i bagagli. Macinare i chilometri, andare via.

Ne *La valigia di Vanna,* una donna scappa verso un amore malato, che le fa male, ma che le serve più dell'aria, per sopravvivere. In *Luz,* la protagonista parte ogni anno per un mese in cerca di una passione che soltanto in segreto può concedersi di avere. In *Due sul tetto del mondo,* una donna si lascia convincere da un'amica a partire, trovando così il coraggio di un amore altrimenti inconfessabile.

E ancora, i corpi. Siamo mappe, solidità, confini. Siamo terreni da esplorare, da scoprire anche attraverso le mani, gli sguardi degli altri. È quello che succede a Gio, il protagonista di *Tra mare e silenzio,* che quasi per gioco accetta di farsi scolpire da un altro uomo. Troverà di sé verità che non aveva mai svelato, e non dirà più a nessuno. E ancora, *Le stanze del cuore.*

Il racconto a mio dire più completo, e riuscito – sicuramente uno tra i miei preferiti. Un uomo, in apparenza avido di sentimenti e di cuore, riconosce l'amore e la fede nel corpo di una giovane prostituta. Non è un ossimoro. È che la carne e lo spirito, a conti fatti, non sono poi così dissimili.

Viaggiare, dunque. Amare. Ma Cristiana in questo libro fa di più: ci regala una chiave. Tende un filo rosso, a percorrere le mille strade dei suoi racconti. *Desiderare non è difficile,* scrive. *Scegliere, invece.*

Esatto. Scegliere. È un verbo che suona fortissimo. Complicato, certo. Ma fondamentale.

Non a caso questo libro si apre con il racconto di una donna in gabbia, senza scelta, e chiude con una donna libera, che ha la fortuna di poter scegliere. La prima non conosce amore, o peggio, ne conosce soltanto la crudele versione. La seconda ha conquistato il diritto ad amarsi, amare come meglio crede. La prima è costretta a temere, fuggire l'uomo che l'ha scelta. La seconda si può concedere di ignorarlo, girarsi sull'altro fianco, sognare ciò che le pare. Due vite, due mondi. Due capi opposti per lo stesso filo. Nel mezzo tutte le genti, tutte le storie del mondo. Vite fatte di amore, di viaggi, di corpi. Vite fatte di scelte.

Voglio chiudere con un racconto che mi sta particolarmente a cuore. Parla del viaggio più bello, avventuroso e difficile. Protagonista è una coppia. È l'uomo a parlare, rivolto alla sua donna. *«L'amore è un viaggio»* le dice. Poi, le rivolge una domanda. Chiede: *«Dove vuoi andare con me?»*

Ne hanno viste tante, questi due. Il loro viaggio insieme è durato una vita. Si sono fatti bene, male, ma nonostante tutto sono ancora qui, a cercare il modo per tenere vivo un amore che non può, non vuole finire. E allora, chiederlo è lecito: dove vuoi andare con me? Come si fa a non lasciarsi, sistemare tutto, amarsi daccapo, rimettere a posto le cose?

Ci si aspetterebbe da lei chissà quale risposta. Invece no. Viene la più semplice, e naturale. In fondo l'unica in grado di acquietare, salvare davvero un amore. Qual è, la risposta? Non ve lo dico. Non ancora. Vi lascio sul più bello, il mio spazio è finito. Voi no. Voi restate. Mettetevi comodi, voltate pagina e iniziate a leggere. La vostra storia vi aspetta. Il vostro viaggio comincia.

Irene Magni

Non si sbaglia in queste cose. Desiderare non è difficile; scegliere, invece, è l'occasione che ci si presenta solamente una volta.

Ci sono slanci che non costano nulla, e decisioni che chiedono tutto; nel viaggio arriva un punto in cui non è più possibile restare sospesi, e da quel momento ogni passo esclude altri passi.

Il circo nelle mani

I bambini correvano al fianco e attorno alla carovana del circo come trottole impazzite. I mille colori dei mezzi in movimento contrastavano con il grigiore del cielo di quella giornata di pioggia.

«Resta qui, disgraziato, che ti fai tirare sotto dagli zingari.» Mia madre, sigaretta in bocca e mani pesanti, mi strattonò per un lembo della maglietta e io quasi mi strozzai per cercare di sciogliermi dalla sua presa.

Un carro mi passò così vicino che percepii l'odore di vernice fresca. Fui sfiorato dalla lingua nera di una giraffa, la cui testa sporgeva dalle grate di ferro. Ci guardammo per un istante e, nei suoi occhi, io vidi riflessi i miei e la loro stessa, infinita tristezza.

Le estati trascorsero veloci; io aspettai, ma il circo non tornò. Mia madre morì in un caldo pomeriggio di agosto e io accompagnai al cimitero la sua bara. Pensai alla giraffa e piansi. Per lei, non per mia madre.

Me ne andai quasi subito dopo la sua morte con poche cose chiuse in una valigia. Avevo diciannove anni e nessuna idea di come fosse il mondo fuori, solamente una gran voglia di scoprirlo. Vendetti la casa e con il ricavato mi comprai una motocicletta che mi fu fedele compagna per molti anni.

Lavorai come commesso viaggiatore per una ditta di prodotti di pulizia attraversando lo Stato in lungo e in largo. Dicevano di me che fossi bravo, forse uno dei migliori; per questo fui chiamato nel grande ufficio al primo piano e mi chiesero di fermarmi con loro con la promessa di uno stipendio sicuro e un appartamento con due camere da letto e gli elettrodomestici nella cucina. Io ascoltavo con lo sguardo perso fuori dalla finestra: la strada correva dritta al fianco degli edifici bassi e oltre c'era il deserto di polvere gialla che entrava nelle scarpe e nel naso.

Il paese aveva mantenuto la medesima disposizione di un secolo addietro, quando le carovane scorrevano verso ovest lungo la pista che seguiva i corsi dei fiumi ricchi di metallo prezioso. Questo eravamo da sempre: un luogo di passaggio da cui non riuscivamo a staccarci. Io stesso avevo venduto la casa di mia madre con la prospettiva di andarmene; eppure, ritornavo sempre, ingannato da un lavoro che prometteva l'illusione dell'avventura e, tuttavia, mi ingabbiava nel calore soffocante di una stanza di motel.

Dissi loro di lasciarmi un paio di giorni per pensarci su. Ero sinceramente motivato e forse stanco di quel peregrinare inutile.

Fu quella sera che tutto cambiò. Seduto sul balcone della mia stanza mi fumavo la dose serale di nicotina, quando il circo mi passò davanti. Spensi la sigaretta e mi persi ad ammirare quell'umanità sperduta senza comprendere bene dove finisse l'uomo e incominciasse l'animale: una simbiosi mostruosa e affascinante.

Mi infilai un paio di pantaloni e il giubbotto, assicurandomi di avere con me gli effetti personali necessari; sarei poi tornato a prendere il resto della mia roba. Presi la motocicletta e seguii la rotta dei carri fino a quando l'enorme macchina si fermò. Mi fermai anche io a una certa distanza e osservai il brulicare di quelle persone che come formiche si affannavano a edificare un mondo appartenente a chissà quali luoghi dell'universo. Mi innamorai di quella cattedrale colorata che si era manifestata nei miei sogni di bambino. Ne fui completamente rapito e decisi di volerne far parte. Lasciai tutto, anche la mia motocicletta e vi entrai a braccia aperte, come se quel luogo mi attendesse da sempre.

Gina lavorava nel circo, in una gabbia come se fosse un uccellino vestito con abiti sgargianti e lunghe piume dai mille colori fra i capelli. La prima volta che la vidi pensai a un pappagallo, come quelli che avevo ammirato nell'enciclopedia di mia madre, comprata da uno che faceva più o meno il mio stesso lavoro.

Mi parve felice. Nella sua voliera lei oscillava sull'altalena e sorrideva mostrando i suoi piccoli denti bianchi. "Ammirate la bellezza della donna uccello": questo diceva il cartello all'esterno della tenda.

Tu entravi, attendevi che i tuoi occhi si abituassero al buio e finalmente riuscivi a vederla. Le strisce di strass del suo vestito, incrociando la luce dei riflettori, s'illuminavano, creando una magia senza paragoni. Era uno spettacolo, ve lo garantisco. Con quel suo dondolarsi sempre più veloce, Gina sembrava un meraviglioso volatile multicolore. La sua ampia gonna andava su e giù e, quando librava le gambe oltre il limite dell'altalena e abbandonava il corpo all'indietro, in quel preciso istante lei volava davvero.

La attesi davanti alla sua roulotte e quando mi vide, si fermò incuriosita.

«Prima ti ho vista lassù. Solo gli uccelli e i sogni sanno volare: quale dei due sei tu?»

Lei sorrise e senza guardarmi mi chiese: «Tu lo sai cos'è la felicità?»

Io non lo sapevo e non risposi. Mi invitò a entrare e la osservai mentre si sfilava il vestito e indossava pantaloni comodi e una camicia da uomo.

«Dammi cinque minuti e beviamo qualcosa insieme.»

Mi innamorai di lei e chiesi di essere preso anche io nel circo.

«Cosa sai fare?» mi chiese Abel, sputando tabacco vicino ai miei piedi.

«Nulla, in realtà, però so lavorare duro.»

«Pulirai le gabbie degli animali.»

Accettai.

Il tempo trascorse lento. Gli artisti dormivano fino a tardi e tutti lavoravamo fino a notte fonda. In mezzo, la polvere: negli occhi, nelle scarpe e nelle pieghe dei vestiti. Sulla nostra pelle. Io guardavo la mia Gina mentre si preparava con cura, meticolosa, sempre uguale eppure ogni giorno nuova.

«Sai» mi disse una volta, mentre si dipingeva di rosso la bocca «nemmeno io so fare qualcosa in particolare. Mi siedo e dondolo, mentre loro mi guardano e pagano per farlo.»

Era vero. Ogni sera la sua tenda si riempiva di uomini che la incitavano: «Apri le gambe e facci vedere! Non essere timida che abbiamo sborsato i soldi.» Gina allora dischiudeva un poco le sue cosce nude, lasciando intravedere un'ombra scura che suscitava le fantasie di molti. Io mi illudevo di essere l'unico custode del suo segreto.

Ogni sera lo spettacolo si faceva più affollato perché, durante il giorno, se ne parlava: al lavoro, per strada oppure davanti a una birra fresca. Anche io ridevo e mi nascondevo fra la folla all'esterno, sussurrando agli sconosciuti di pagare il biglietto perché l'uccellino, forse, non portava nulla sotto il vestito. Quello era il mio compito, avevamo un accordo io e Abel. Io ero bravo a procurare clienti durante gli intervalli dello spettacolo, lui a farli sparire dentro il buio della tenda. Gli uomini preferivano pagare per sbirciare il segreto della donna uccello, piuttosto che vedere la giraffa più alta del mondo, quella con gli occhi tristi. Li guardavo entrare uno dopo l'altro, tutti con la stessa faccia sudata, lo stesso sguardo sporco.

All'inizio io ridevo, non volevo capire. Ma dentro, qualcosa cominciava a ringhiare. Una gelosia sorda, animale che non mi lasciava più in pace. Cresceva, graffiava e chiedeva spazio. A volte la sentivo salire dallo stomaco e spingere in gola come un nodo.

Una sera chiesi a Gina se non le dispiacessero tutte quelle attenzioni indecenti, la calca attorno di uomini che sbavavano e si piegavano per guardare sotto. Lei si chinò per allacciarsi gli stivali e mi rispose che quello era solamente un lavoro e che lei sorrideva perché così doveva fare, così le aveva chiesto Abel.

Cominciai a seguirla anche di giorno, trascurando il mio lavoro. A volte la perdevo di vista e la immaginavo fra le braccia di Abel oppure di uno degli spettatori della sera precedente, magari l'uomo con gli occhi chiari che aveva pagato tre volte il biglietto.

Poi la ritrovavo sotto la doccia nei bagni comuni e la mia eccitazione saliva, procurandomi un piacere misto al dolore. Temevo che non fosse più mia.

«Posso fare la doccia con te?» E mi toglievo la camicia, mentre la guardavo negli occhi.

«Certo. Ti aspettavo.» Ma io sapevo che non aspettava me, perché era una puttana e mi mentiva. Il dubbio si insinuò nel mio ventre come un verme raggomitolato che si divorava le viscere. Seduto sui miei escrementi maleodoranti io la pensavo. La colpa era solamente sua, il male che provavo veniva da lei.

Stetti sempre peggio. La volevo e me lo tiravo fuori dai pantaloni in ogni angolo, senza curarmi di essere visto. Mi toccavo fino a farmi male. Fino a quella volta che mi risvegliai come da un sogno accorgendomi che fra le mani non c'era il mio uccello, ma il suo piccolo collo. La mia Gina mi fissava e aveva gli stessi occhi tristi della giraffa. Non si ribellò. Sentii il suo collo spezzarsi e diventare morbido fra le mie mani, la testa abbandonarsi come il mio sesso dopo che ero venuto. *Questo ti meriti, perché non mi ami abbastanza.* Lei era di tutti, l'avevo capito.

Fuori è l'alba e il sole splende già alto. Procedo lento, accompagnato sotto braccio lungo il corridoio. Mi fanno sedere e mi assicurano con dei lacci in modo che non mi muova. Non c'è nessuno ad assistere, perché io non ho parenti. Il mio avvocato dice che forse Gina aveva ancora una madre da qualche parte, ma non l'hanno trovata. Meglio così, perché avrei dovuto sopportare il suo sguardo. Al contrario, di fronte a me non ci sono occhi nei quali osservare la mia colpa. Allora chiudo i miei e aspetto, paziente, che il prossimo circo passi.

Quella volta che decisi di regalare un bacio

Adoro i balli di coppia, come la salsa, dove comanda la *clave* e il corpo si muove al suo ritmo. Le porte si spalancano ed è come ritrovarsi in un paradiso di sensazioni, con il brivido che corre lungo la schiena. Oppure il tango, quando il mio partner mi sfiora il fianco o la base del collo, mentre sposto il peso verso di lui e appoggio la fronte alla sua: so che non mi lascerà andare e non mi farà cadere, saprà tenermi in equilibrio.

Amo anche i balli dove non ci si tocca ed è solamente un gioco di sguardi: il flamenco oppure la pizzica salentina, dove io alzo le braccia e le muovo, come fossero serpenti che incantano. Guardo il mio compagno e ammicco con un sorriso. Il mio sguardo è fiero e la testa alta, non ho paura. Lui lo sa che è solamente un gioco e ci vuole entrare; allora giriamo e la mia gonna si solleva. A volte si balla anche fra donne, come cacciatori che misurano la loro bravura, nessuna preda.

Ballavo, una sera d'estate, dall'altra parte del mondo. La festa del paese era stata organizzata in un campo e c'era tutto quello che mi piace: il fuoco per cucinare la carne, la musica alta, molta gente sorridente. Nonostante mi trovassi in quella terra da settimane, ancora riuscivo a stupirmi di come le persone fossero così diverse rispetto al luogo da cui io provengo. Le caratterizzava una particolare socievolezza, il bisogno di stare insieme e la semplicità.

Quella volta il mio accompagnatore era forse troppo

giovane ma, oltre a essersi preso una cotta per me e non porsi alcun problema quando si trattava di dimostrarlo, aveva anche un fascino notevole che non mi lasciava indifferente. Avevo accettato volentieri il suo invito alla festa pur sapendo di dover gestire al meglio la situazione per non cacciarmi nei guai. Non si trattava di qualche anno di differenza, ma di una persona che da poco aveva raggiunto la maggiore età. Tuttavia, mi piaceva la sua compagnia: sembrava molto più grande e quando ballava lo faceva veramente bene, ti guardava dritta negli occhi e sapeva condurre fino a quando la testa girava.

«Mi chiamo Sofia e vengo dall'Italia.» Così mi ero presentata al mio arrivo, senza vergogna, in quella cucina affollata di persone. Ero stata accolta senza nessuna difficoltà. Neanche sapessero che io appartenevo da sempre a quei luoghi. Mancava solamente che completassi lo spostamento del mio corpo ingombrante, perché l'anima era già là da un pezzo. Avevo affrontato la mia famiglia, sicura di me: «Io vado in Argentina». E non mi ero scelta il classico posto da turisti, certo che no; ero andata a cacciarmi a casa di Dio, dove l'Argentina fa l'amore con la Bolivia; a volte mi piace essere romantica. Cercavo un posto magico e in effetti l'avrei trovato. Qualcuno fra i parenti volle naturalmente provare a intralciarmi, ma è molto difficile farmi cambiare idea quando mi metto in testa di fare una cosa. Stiamo parlando di parecchi anni fa, figuriamoci, senza internet né telefoni: il modo più sicuro per fuggire di casa. Lo scoglio era il costo del biglietto aereo, veramente uno sproposito. Fortunatamente, frequentavo da poco l'università ma già lavoravo da anni e, se torniamo indietro, ricordo che i lavoretti serali o del fine settimana, pagavano parecchio, non come oggi. Avevo già viaggiato da sola altre volte, tuttavia non mi ero mai allontanata così da casa.

Ma torniamo alla festa. Quella sera la ricordo ancora come fosse oggi. Mi sentivo inebriata e felice. La musica era alta e la birra scorreva come acqua da un rubinetto dimenticato aperto. In molti mi invitarono a ballare e a nessuno dissi di no. Imparai balli che non conoscevo e mi piaceva quando si stupivano della mia abilità. Parlavo uno spagnolo fluente e in pochi giorni avevo preso l'accento del posto. Dormivo in una canonica, ospite di un sacerdote italiano: un tipo veramente particolare, unico nella sua laicità che sfiorava la santità. Devoto a tutti e a nessuno, uno spirito libero, persona difficile da dimenticare. Oggi non c'è più e mi ritrovo spesso a pensare a lui. Altri come me dormivano presso di lui, o almeno usavano la parrocchia come punto di riferimento per i loro spostamenti. Riuscivo bene a mescolarmi con le persone e le mie origini italiane avevano su di loro un fascino esotico. I lineamenti e i capelli, che a quel tempo portavo lunghi e tingevo di rosso, attiravano la loro attenzione. Posso testimoniare tutto e con un certo vanto quando mostro le fotografie a chi me lo chiede.

Durante quel periodo feci tanto volontariato, ma mi ritrovai anche con un mezzo "lavoretto" quando mi proposero di partecipare a un programma in una TV locale come interprete di un certo personaggio italiano di passaggio da quelle parti. Il tutto registrato su una vecchia VHS che ancora conservo e ogni tanto guardo.

Beata nostalgia!

Durante la festa sarebbe potuto accadere di tutto, ma non successe nulla, in realtà. Quando di mezzo ci sono la musica e il ballo, è molto difficile distogliere da essi la mia attenzione, so mantenere la concentrazione su quello che mi interessa. Sono molto brava anche a glissare i corteggiamenti: perché perdere tempo in sciocchezze quando il tempo sta per scadere? Tic tac... Sono come Cenerentola al ballo, che ha i minuti contati e li deve sfruttare al meglio. A quella festa mi sentivo proprio come la mia principessa preferita, ma non volevo principi attorno, solamente balli folklorici che stavo imparando e musica tradizionale, fino allo sfinimento. Il mio "lui" mi corteggiò tutta la sera, con gentilezza e carineria, splendido ballerino, ma non mi feci incantare nemmeno dal suo bel viso. Cercava angoli bui e io, dopo un grazie e un abbraccio, me ne andai a dormire nel mio posticino, da sola e distrutta, come mille sere ancora.

Sono poi ritornata altre volte in quel Paese alla fine del mondo, ho conosciuto nuova gente e ho rivisto vecchi amici; mi è anche capitato di dover pagare pegno per le promesse non mantenute.

Il mio giovane accompagnatore non lo volli lasciare a bocca completamente asciutta; anche perché, se devo essere onesta, non se lo meritava. Niente di che, in realtà, ma sicuramente molto per lui, visto poi come sono andate le cose, anche se questa è un'altra storia. Gli ho regalato un bacio, dolcissimo, destinato a restare così.

Ricordo bene quella mattina. Mi aveva accompagnata alla stazione degli autobus da cui sarei partita, diretta verso la foce dell'Iguazù. Avevo preso contatti con una concittadina che gestiva una missione nei pressi di una comunità di Indios Guaranì. Mi era sembrata un'occasione unica e da sfruttare al meglio. Così ci eravamo scritte tramite FAX. Ebbene sì! Il FAX, che sembrava essere il mezzo più veloce e innovativo, praticamente l'età della pietra.

Comunque, tornando a lui, il poverino mi accompagnava con il cuore spezzato e la promessa di ritrovarci al mio ritorno. Quella promessa non l'ho certo mantenuta perché di là, quella volta, non ci sono più passata. Il mio viaggio, molto affidato al caso e alla fortuna, mi avrebbe portata altrove, in altre direzioni.

Tuttavia, prima di partire, volli regalargli un bacio mio, che gli stampai, caldo e senza fretta. Seduti vicini sul gradino del marciapiede e con la schiena appoggiata allo zaino, ci raccontavamo i nostri sogni e i progetti per il futuro. Quando vidi arrivare l'autobus pensai *o adesso o mai più!* Gli presi il viso tra le mani. Tremava. Lo sentii avvicinarsi con un entusiasmo un po' impacciato, tutto fiato corto e occhi lucidi. Le sue labbra erano inesperte, piene di un'urgenza dolcissima che mi strappò un sorriso e, insieme, una piccola fitta di colpa. Aveva diciott'anni appena, e in quel bacio ci mise tutto quello che sapeva dell'amore; io, invece, ci misi solo la misura giusta, la delicatezza che si usa quando non vuoi fare danni. Quando ci staccammo, lui rimase lì con lo sguardo acceso, come se avesse bisogno di un altro secondo per crederci davvero. Io abbassai gli occhi, più imbarazzata di quanto volessi ammettere, mentre lui cercava di darsi un contegno. Si sfregò il palmo delle mani sui jeans, nervoso, con quell'aria di ragazzo che vuole sembrare grande. Restammo per un momento così, a respirare lo stesso fiato, e pensai che forse avevo esagerato; ma ormai era fatto. Dall'espressione che aveva direi che gli era sembrato il regalo migliore del mondo.

La verità è che quel bacio mi è piaciuto e lo ricordo ancora con molta tenerezza. Ricordo anche come mi cinse la vita da dietro mentre salivo i gradini dell'autobus. In quel momento, lo dico sinceramente, ebbi un attimo di esitazione, ma le grandiose cascate mi aspettavano e mi aspettava quella parte di Amazzonia dove le scarpe si sporcano di rosso e ti senti accolta nelle braccia di tua madre, proprio in quel luogo che unisce l'Argentina con il Brasile e il Paraguay. *Gli occhi che quel punto non lo hanno visto, muoiono ciechi,* si dice laggiù.

Così mi sciolsi dall'abbraccio e percorsi i gradini. In quel momento mi sentivo più che mai pronta ad andarmene altrove e a lasciarmi quel bacio alle spalle.

L'odore della mia terra

L'imbarcazione scivolava dolcemente sulle acque fangose del Rio Magdalena. Io sedevo su una delle panche sgangherate, quasi di fortuna; i miei occhi persi in quelli del fiume. Mi sentivo in sintonia con quelle acque scure e ne avevo profondo rispetto. I pappagalli, meravigliosi nelle loro tonalità di verde, si confondevano con la vegetazione. Ogni tanto era possibile scorgere grosse iguane che pisolavano adagiate sui tronchi degli alberi.

Un gruppo di turisti francesi, dotati di apparecchi professionali, faceva bottino di immagini meravigliose. Io, mi accontentavo degli occhi, che non erano mai sazi.

L'umidità creava uno strato appiccicoso e acido sulla mia pelle. Sentivo di non avere un buon odore. «È l'odore di te che preferisco» mi disse «perché è quello della mia terra.»

Ci eravamo imbarcati per sfuggire alla noia. Il letto non bastava più e non bastavano nemmeno le passeggiate lungo le strade su cui si affacciavano le verande delle case o le serate fiacche nel piccolo teatro locale. Ci accomunava il bisogno di qualcosa di nuovo perché l'abitudine rischiava di spegnere i nostri sensi e con il tempo saremmo somigliati troppo alla ristretta cerchia delle nostre amicizie.

Prevedemmo un viaggio senza porci il limite della durata: da La Dorada, dove risiedevo, fino a Barrancabermeja, se mai ci fossimo arrivati. Avevamo scelto un'imbarcazione privata che avrebbe trasportato con noi altri passeggeri, dotata di tre piccole cabine per trascorrervi la notte. Avremmo ridisceso le vie comode che il Magdalena offre ai turisti, scelte con cura fra i suoi numerosi bracci che capricciosi si diramano come le fronde degli alberi che abitano quella parte remota di foresta. L'idea era di utilizzare in seguito l'automobile lungo la Ruta Nacional 66 per raggiungere Arauca e poi il Venezuela, Paese che non avevo ancora visitato.

Di giorno, ce ne stavamo seduti all'aperto: io leggevo e lui sonnecchiava. La natura era maestosa e non saprei dire quante specie vegetali abitino quelle rive. Ogni tanto, piccole comunità facevano capolino con le casette allineate in fila, lungo strade disegnate a tavolino su terreni che la vegetazione lentamente, ma inesorabilmente, si riprendeva. Durante le soste approfittavamo per mangiare in piccoli ristoranti, perlopiù cucine private che offrivano il servizio ai pochi turisti di passaggio.

Ricordo quanto era difficile respirare quell'aria così ricca di acqua e povera di ossigeno. Ogni movimento ci costava la fatica del recupero e la notte, se possibile, era anche peggio. Gli attacchi delle zanzare e lo strisciare degli scarafaggi che sfuggivano al fiume non mi lasciavano dormire. Era in quei momenti che lui tornava all'assalto, instancabile e insaziabile. Mi piaceva, a dire il vero. Chiudevo gli occhi e mi lasciavo toccare, mentre mi immergevo nei suoni notturni della foresta, viva e feroce come un animale.

La gente del posto utilizzava il battello come se fosse a disposizione di tutti. Le persone salivano e scendevano da un piccolo porto a un altro per compiere i loro scambi commerciali. Pesce, soprattutto, ma anche animali e frutta: di così invitante non ne avevo mai vista. Quando riaffioravo dalla nostra cabina era difficile togliermi di dosso gli sguardi di molte donne attratte dal colore della mia pelle.

«Cosa ci fai qui?» oppure «Da dove vieni?» E ridevano, coprendosi la bocca con le mani quando raccontavo loro di essermi andata a cacciare in quelle terre paludose per amore.

Ci eravamo conosciuti per caso, in una farmacia. Gocce oculari per me, antipiretico per lui.

«Ti bruciano gli occhi?» mi aveva chiesto. «Succede spesso a chi non è abituato alla nostra luce. Non esiste altra tonalità come questa al mondo.»

«Perché, tu cosa hai visto del mondo?» gli chiesi. Il suo modo spavaldo di porsi mi aveva subito presa.

«Del mondo conosco poco, però di occhi verdi ne ho incontrati. E quegli occhi, un po' di mondo me lo hanno raccontato.»

Volli da subito essere io i suoi occhi. Volli raccontargli il mondo che avevo visto. Lui sapeva ascoltare: ascoltava i miei racconti e chiedeva; curioso mi faceva mille domande.

Gli regalai una carta geografica e segnammo i luoghi che avevo visitato. Segnammo anche le mete per nuovi viaggi e quando mi baciava, stringendomi i polsi e procurandomi piacere, promettevo che li avremmo compiuti insieme. Dai polsi saliva al braccio, fino all'incavo dell'ascella, segnando la sua strada con la lingua e mi chiedeva di raccontare, ancora, ancora e ancora.

«Non fermarti.»

Poi, io mi stancai.

«Ti porto via, lontano» mi disse per non perdermi.

«E dove mi porti?»

«Risaliamo il fiume, fin dove è possibile, verso il Venezuela. Ci fermiamo dove ci pare e facciamo l'amore. Sempre.»

«Dimmi perché» gli chiesi sfidandolo.

«Perché è l'unica cosa che ti posso regalare di me.»

La sua risposta mi commosse e accettai.

Il tempo rallentò, seguendo inesorabilmente l'andatura del battello. Ogni tanto ci fermavano in mezzo al Magdalena, incagliati nella vegetazione perché il fondale era in certi tratti molto basso. Ricordo che quella fu un'estate particolarmente calda.

Decisi che non avrei portato a termine il mio progetto e che il dipartimento non avrebbe avuto la sua dispensa da vendere agli studenti l'anno successivo. Non mi importava, perché mi ero persa nelle paludi di un amore cui non riuscii mai a dare un senso.

Dopo giorni di navigazione, giungemmo finalmente a Barrancabermeja, dove avremmo sostato per qualche notte. Sapevo già che mi sarebbe mancato lo sciabordare continuo dell'acqua del fiume che si frangeva contro il legno del battello. Scendere e toccare la terra mi diede strane sensazioni, come di ritorno alle origini. Ci immergemmo nuovamente nella civiltà: il brulicare delle persone, i colori, la chiesa, un mercato.

Ricordo che allestirono un palco e attendemmo il buio, che non giungeva mai, per il concerto di Ali Primera. Fu una delle occasioni più rare e inaspettate che mi si presentarono nella vita.

«Come lo conosci?»

«In realtà, conosco molte cose. Altrettante ne ho immaginate.»

«Mi porterai con te, dopo?» mi chiese, stringendo le sue mani ai miei fianchi e avvicinando la bocca alla mia.

Io lo scostai, decisa. «Non saresti mai felice.»

Decidemmo di dormire in una piccola pensione. La ragazza che ci sistemò la camera aveva disegnata sul viso e nei fianchi la bellezza del suo Paese. Lui, accanto a me, si fece improvvisamente più vigile e quando lei si voltò verso di noi, lo sguardo scivolò sui suoi seni morbidi con un lampo rapido, quasi involontario. La guardai anch'io. Era difficile non farlo. Occupava lo spazio con una naturalezza spavalda, quella sfrontatezza ingenua che appartiene solo a certe donne. Per un istante sentii il richiamo che sentiva anche lui.

Quando la ragazza si chinò a prendere le chiavi, lui mi strinse la mano, come se il mio corpo fosse l'ancora cui aggrapparsi per non lasciarsi travolgere da quell'onda improvvisa. Colsi il suo sorriso rapido e il lieve turbamento di lei, così che quando lui tornò a guardarmi era troppo tardi.

La ragazza sollevò lo sguardo verso di noi, come per intuire il legame che ci univa; e quando si scambiarono le chiavi, si sfiorarono le dita con una lentezza che non aveva nulla della cortesia, e tutto dell'invito. Fu in quell'istante, in quel gioco silenzioso di piccoli gesti, che compresi che l'avrei perso. Lo accettai e decisi che era il momento di lasciarlo andare.

La mattina successiva pianse e mi confessò di aver commesso un errore.

«Non si sbaglia in queste cose. Desiderare non è difficile; scegliere, invece, è l'occasione che ci si presenta solamente una volta.»

«Dove andrai adesso?»

«Ritorno sui miei passi. Mi riunisco al gruppo.»

«Possiamo viaggiare ancora una volta insieme?»

Ero così attratta da lui che non riuscii a rifiutare. Pensavo di essere io a scegliere, ma forse mi sbagliavo.

Si avvicinò piano e mi toccò il braccio con una cautela che non gli riconoscevo. Un tocco breve, quasi timido, come se non ne avesse più il diritto.

Quando sollevai lo sguardo, vidi che evitava il mio. Sembrava stanco, e sotto quella stanchezza c'era ancora il desiderio, chiaro, ma trattenuto. E il senso di colpa gli stava tutto negli occhi.

«Preferisci il treno? La ferrovia non è ben sviluppata in questa zona del Paese. Però ci possiamo arrangiare.» La sua voce era bassa e spezzata. «Oppure torniamo con il battello. O come vuoi tu. L'importante è che non mi lasci solo.»

«Vorrei tornare con il battello, come siamo venuti.»

«Non ti spaventano più il caldo e le zanzare?»

Mi spaventavano, in realtà. Ma c'era altro di cui avevo bisogno. Di lui, solamente per me, ancora per un po'.

Risalimmo il fiume, lentamente. Quella volta ci sorprese anche la pioggia abbondante che in alcuni tratti agitava le correnti. La nausea mi prese e trascorsi molte ore affogando nelle acque del mio stomaco che si muoveva seguendo l'andamento del battello.

Non eravamo più gli stessi. Ci sforzavamo di essere felici, ma l'intimità si era spezzata. Facevamo l'amore distratti e solamente per abitudine. Ci eravamo arresi.

Durante il viaggio di ritorno scrissi molto e, nonostante tutto, terminai il mio lavoro anche quella volta. Misi su carta le immagini che avevo impresse negli occhi e la musica, che dalle orecchie si era infiltrata inesorabilmente nel cuore. Cercai di fermare nelle parole il fragore della natura che esplodeva dietro ogni anfratto del letto del fiume. Mi dissero in seguito che si trattava di un buon lavoro e solo io sapevo di cosa fosse frutto.

Di lui persi le tracce per molto tempo. Ricordo il bianco della sua camicia a contrasto con la pelle scura; ricordo l'orologio da polso con le lancette ferme e le sue dita delicate impegnate nel tentativo inutile di ricaricarlo. Ricordo di lui cose che non ho mai condiviso e che se ne stanno custodite in un diario di viaggio. Pensai a lui per molti anni; poi me ne dimenticai. Fino al giorno in cui ricevetti un suo messaggio.

Si trattava di una mail a carattere pubblicitario, condivisa con altri contatti. Ci informava di aver aperto un ristorante a Ciénaga, proprio sul mare. Nel dépliant erano contenute alcune immagini dell'attività, sulla cui facciata gialla svettava la pubblicità della Cerveza Águila. Chiusi gli occhi e ne ricordai il sapore freschissimo. Lui si era fatto fotografare davanti al piccolo obelisco blu con i coccodrilli in bronzo. Era evidentemente più maturo a causa del tempo trascorso, ma ancora affascinante e sorridente. Pensai potesse essere la mia seconda occasione.

Tuttavia, in quel momento della mia vita, mi trovavo in una situazione sentimentale piuttosto complicata e avevo bisogno di prendermi il giusto tempo per riflettere. La mia testa calda mi diceva di salire sul primo aereo, mentre le contingenze mi suggerivano altro.

Non racconterò qui quello che feci perché sarebbe come tuffarsi in un'altra storia che magari, un giorno, mi andrà di scrivere.

L'oceano dalla finestra

Di Lima si possono dire molte cose, ma non che sia una città da favola; eppure, io ne conservo un intimo ricordo. Ciò che particolarmente mi colpì durante quel viaggio fu il suo sentore di vecchio romanticismo alla maniera europea. Una sorta di Parigi, nel suo *état d'esprit*, per intenderci. Gli edifici coloniali dai colori tenui si incastrano in un'architettura geometrica e Plaza de Armas, la culla di Lima, si apre agli occhi del visitatore in tutta la sua storica grandezza. In quel punto, Francisco Pizarro fondò la città nel 1535 dopo la conquista spagnola. La vicinanza all'Oceano Pacifico la rende particolarmente evocativa e l'odore pungente proveniente dalle spiagge entra nelle narici, ti invade i pori e non ti lascia. A distanza di anni riesco ancora percepirlo.

Avevamo scelto un albergo esattamente nei pressi dell'oceano, così vicino che avevi la sensazione di cascarci dentro. La stanza a noi assegnata era in stile coloniale, con l'intonaco bianco alle pareti e il soffitto in legno molto alto. L'ambiente era esageratamente grande e ciò che mi impressionò fu tutto quello spazio vuoto attorno al letto matrimoniale. Un paio di poltroncine erano poste vicino alla finestra che si apriva sul balcone e poi sull'infinito delle acque. Notammo da subito il piccolo armadio posto alla sinistra della porta d'ingresso, che non avrebbe mai potuto contenere i bagagli di circa due mesi di girovagare che ci eravamo prefissati. Meta ultima la Bolivia, dove avremmo conosciuto la famiglia di un caro amico; ma tutto poteva dirsi in divenire.

Le chiazze di muffa si aprivano larghe negli angoli delle pareti e dietro la testata del letto. Quando varcai la soglia della stanza pensai di dovermene andare immediatamente da quel luogo malsano, ma l'idea durò meno del tempo che impiegai a formularla. Ho sempre dimostrato un grande spirito di adattamento, soprattutto a quelle latitudini che sono il polmone che mi fa respirare e la boccata d'aria che mi incoraggia ad andare avanti.

Io e il mio compagno di viaggio non eravamo ancora sposati e nemmeno ci pensavamo a dire il vero; tuttavia, mi stupì l'estrema facilità con cui ci spostavamo nei vari alberghi, senza che nessuno facesse domande. In quella parte del mondo ogni cosa appariva semplice ed eravamo considerati a tutti gli effetti una coppia. Inoltre, curiosità, portavamo entrambi lo stesso cognome e in molti sorridevano a quella stramberia.

Superata la piccola difficoltà iniziale, prendemmo possesso della nostra stanza, trasformandola nel porto sicuro e accogliente a cui fare ritorno alla sera.

In quella camera spoglia ci siamo amati molto, senza artifici, come rare volte succede: i nostri corpi esposti alla luce naturale che entrava dalle finestre, fredda nelle sue tonalità azzurre e grigie. In quei precisi istanti la stanza diventava il mondo e, mentre facevamo l'amore, io a volte giravo la testa e ammiravo gli uccelli marini volare a così breve distanza da me da riuscire a sentirne lo strepito. Il rumore assordante delle onde si sovrapponeva alla voce calda e maschile di Mercedes

Sosa che usciva dalla vecchia radio a transistor. Fu a quell'epoca che conobbi la *Cantora del pueblo*, punto di riferimento per tutti i popoli latinoamericani sparsi in ogni angolo remoto della terra, affinché non si sentano mai soli. Ascoltavo *La Negra* cantare le musiche della sua terra per ricordarmi quanto l'Argentina fosse geograficamente vicina. Quando le giro attorno, mi chiama come una sirena dal canto insistente; ma, quella volta, decisi di non ascoltare e di proseguire il viaggio in linea retta perché l'avevo promesso a lui.

Ripensando alla città, rammento che, in fase di atterraggio, Lima risultò quasi invisibile fino a poche centinaia di metri sotto di noi, a causa dell'altissimo tasso di inquinamento dell'aria. Si intravedevano i tetti degli alti palazzi, grigi su sfondo grigio, e per un attimo mi chiesi se ne sarei rimasta delusa. Venivamo dal sorvolo dell'Altipiano Andino con il suo tripudio di colori e i cui prati muschiati erano talmente vicini da risultare quasi possibile fare la conta degli animali al pascolo. Nonostante io sia terrorizzata dall'aereo, fatto che cozza con il mio amore per il girovagare, ricordo che riuscii in quel momento a rilassarmi e a sollevare la tendina del finestrino per godermi il trionfo di sfumature di blu del cielo andino che volevo gustare appieno, sapendo che per qualche giorno me ne sarei dovuta dimenticare. Stavamo per immergerci nell'atmosfera gelatinosa e malinconica di Lima.

La prima cosa che desiderammo fare fu una passeggiata in riva al Pacifico e mi tolsi volentieri le scarpe, nonostante l'acqua fosse molto fredda. L'oceano appariva grigio anch'esso e il suo odore era quello dell'umidità e dell'incertezza. Le onde schiumose sbattevano bianche contro il cemento, quasi furiose, fino ad assomigliare a soldati allucinati resi folli dalla guerra.

Lima fu molto accogliente nei nostri confronti e riuscimmo ad attribuirle da subito una personalità ben definita. La sensazione di sentirsi in pace e appartenere a un luogo; camminare senza paura, con fiducia, sorridere alle persone che incroci sul tuo cammino e scambiarci qualche parola, svoltare l'angolo di una via e ritrovarsi in un luogo familiare come casa. Chi ha viaggiato tanto lo sa.

Notai, a differenza delle altre città del Perù, che a Lima le persone amavano particolarmente vestire all'occidentale: giovani donne eleganti in tailleur camminavano frettolose in cerca di un taxi e con una ventiquattrore in mano; altre volte, invece, le ritrovavi ferme, in piedi nei caffè, accompagnate da colleghi incravattati. Ciò che il mio compagno di viaggio notò ancora prima, fu la particolare bellezza ed eleganza di lineamenti del personale di bordo della compagnia di bandiera che indossava con spiccata eleganza la divisa e si rivolgeva ai passeggeri con una gentilezza che difficilmente ho poi ritrovato.

Altra caratteristica che balzò ai nostri occhi fu la maestosità e grandezza delle piazze. In fase di costruzione della parte coloniale della città, sicuramente lo spazio non mancò agli architetti dell'epoca, che giocarono e si sbizzarrirono per celebrare nella maniera più grandiosa i sovrani spagnoli, proprietari di quelle terre che non visitarono mai.

Ogni tanto, per la gioia degli occhi, esplodevano i

colori delle *cholitas*, scese dalle montagne per vendere i loro prodotti contadini. Gonne ampie e svolazzanti come farfalle, sotto le quali si celavano protette le loro mercanzie; capelli neri intrecciati con fili preziosi in risalto, quasi a stonare con la monotonia delle strade. I bimbi appiccicati alle vesti delle madri e pronti a stendere la loro manina in attesa di ricevere un dono.

Il mio compagno scattò una fotografia a una giovane donna senza che questa se ne rendesse conto. Gli occhi liquidi e lo sguardo perso nell'infinito, il fratellino aggrappato alla schiena come fosse un fardello di responsabilità troppo pesante da portare. L'immagine fu sviluppata in bianco e nero e ricordo che questo mi dispiacque, pensando che si fossero persi tutti gli splendidi colori. Oggi, riguardandola, mi rendo conto che essa rispecchia lo stato d'animo di malinconia che mi pervade se ripenso a quel viaggio.

Mi colpì l'estrema confidenza nell'altro, la fiducia che quei bambini dimostravano senza malizia alcuna. Ho fatto del mio meglio per crescere allo stesso modo i miei figli, con quella corda invisibile che li lega a me, su cui sanno di saper contare sempre, ma elastica abbastanza affinché essi corrano con fiducia verso un mondo che li aspetta, in attesa che, al momento giusto, la corda si spezzi.

Il nostro soggiorno a Lima, quella volta, non ebbe altro che il gusto del fare turismo in una città che immaginavo da tempo e ammiravo sulle guide e nei romanzi degli scrittori amati; così decidemmo di ritagliarci un momento di intimità con lei. Non facemmo null'altro che fare l'amore, mangiare con gusto, dormire fino a tardi, passeggiare; salire e scendere dagli autobus, la cui curiosità consisteva nell'avere quasi sempre un ragazzino appeso con il corpo mezzo dentro e mezzo fuori, il cui compito era quello di urlare con tutto il fiato i nomi delle fermate. Una specie di "strillone" delle vie cittadine. Esempio autorevole di quella capacità di "inventarsi" e di sopravvivere attaccati alla vita con le unghie, tipica della *latinoamericanità*, termine che non esiste propriamente nella nostra lingua, ma che mi è sempre piaciuto utilizzare.

Ci fermammo a Lima poco più di due settimane, il tempo giusto per stringere amicizie e fare esperienze da portarsi a casa nella valigia. Quella che tengo sotto al letto e che porto sempre con me, come fosse lei la mia stessa casa.

Così, se ritorno a Lima con la memoria, un sentimento di nostalgia mi pervade e penso che forse ci potrei tornare. Magari adesso o anche fra qualche anno. Magari sola questa volta, perché no? Non mi sono mai preclusa nulla.

La valigia di Vanna

A volte, Vanna ritornava con il pensiero a La Plata. Si trattava quasi sempre di un attimo soltanto, un granellino di sabbia che andava a inceppare gli ingranaggi che già a fatica muovevano in avanti le sue giornate. La luce negli occhi si spegneva e sotto c'era il baratro e solamente lei sapeva quante volte avesse desiderato tornare a cascarci dentro. Allora Giulia le sfiorava leggermente la mano: «Ci sono io» e si metteva saldamente fra Vanna e il suo pensiero. Le guardava dentro, alla ricerca di quel granellino per levarlo di mezzo, mentre la sfiorava il dubbio atroce su quale fosse il limite fra il dolore e l'essenza vera della felicità.

Il giorno in cui Giulia si presentò senza preavviso davanti alla sorella, della donna che conosceva rimanevano solamente poche tracce, nascoste sotto alla coperta con cui Vanna si proteggeva dal freddo. Vide gli occhi grandi di lei riempirsi di lacrime. «Lasciami qui, ti prego. Non portarmi via da lui» le disse nel goffo tentativo di chiudersi la porta d'ingresso alle spalle. Giulia ebbe la prontezza di mettere un piede per impedire quel gesto folle. Discussero animatamente e poi Vanna pianse stringendosi a lei, mentre ancora la pregava di andarsene. Giulia aveva dapprima tentato di farla ragionare, sgridandola come quando l'aveva trovata a farsi una canna sulla macchina di quel compagno di classe. Vanna si era lasciata dire tutto, ma ripeteva come un automa che se ne andasse, perché quella era la loro casa e lui sarebbe potuto arrivare in qualsiasi momento. «Se ti trova qui ti ammazza di botte.»

Quando Vanna ritornava con il pensiero a La Plata, sentiva il suo corpo staccarsi da terra come a sdoppiarsi e volare via fino a quella casa uguale a tutte le altre, ma che era solamente loro.

«A dicembre vengo in Italia, a Napoli» le aveva detto, mentre la lasciava.

«Perché me lo dici adesso? Sono giorni che non ti fai sentire.» Le dita correvano veloci sulla tastiera del telefono. Si erano abituati a quella maniera di conversare e di fare l'amore con le dita della mano che era così coinvolgente e reale da riuscire ad azzerare qualsiasi distanza fra loro.

«Sono molto confuso. Vengo a Napoli e ti cerco, così vediamo cosa succede. Ho un ingaggio per tre mesi in un ristorante e poi voglio che tu venga con me.»

Vanna aveva provato un senso di vertigine e aveva cominciato a piangere.

«Perché io?»

«Non lo so. È successo e basta. Quanto dista Napoli da te?»

Abituato a prendersi quello che voleva, lui era arrivato e se l'era portata via, come fosse una valigia. L'aveva afferrata per il manico, trasportandola dall'altra parte del mondo.

Vanna si era lasciata condurre quasi inebriata da quella sua nuova condizione e aveva goduto dello spazio tutto loro dove lui rincasava. La abbracciava da dietro, stringendola forte e premendole il sesso contro la schiena. Il desiderio saliva rapidamente. «Sei bella, lo sai?» sussurrato all'orecchio. Non le serviva altro per affidarsi a quelle braccia e per annullarsi, lentamente, ma inesorabilmente in un processo che non si arrestava. Senza più un lavoro e nemmeno la possibilità di uscire di casa da sola, Vanna trascorreva le giornate preparando il ritorno a casa del suo uomo. Sistemava al meglio le stanze e cucinava. Nel tardo pomeriggio veniva l'ora della doccia, lunga e meticolosa. Prima di fare l'amore lui la ispezionava e annusava perché voleva che fosse ben pulita. Le parti intime depilate.

Se le rimaneva del tempo durante la giornata, leggeva, magari seduta su una seggiola sotto al portico. A volte, un passante o un vicino la osservava, incuriosito da quella donna malinconica che trascorreva le sue giornate chiusa in casa.

«Buongiorno, come andiamo oggi?» L'anziana signora passava quasi sempre alla stessa ora con i cani al guinzaglio.

«Bene, grazie. Niente di nuovo.» Vanna alzava appena lo sguardo per evitare di incrociare quello indagatore della donna. Aveva messo undicimila chilometri fra lei e la sua vecchia vita: una distanza fatta di un silenzio profondo, ogni relazione interrotta. Lui stabiliva le cose e Vanna semplicemente le accettava. Sentiva di averne sempre più bisogno.

Lo aspettava ogni sera accanto alla finestra, con il sorriso sulle labbra. L'amore lo facevano dopo aver cenato ed era così appagante da azzerare tutta l'attesa. Le parlava continuamente e le diceva quello che nessuno le aveva detto mai. Canzoni e poesie solo per lei.

Poi, improvvisamente, tutto era cambiato. Una sera

non era rincasato e così per altre. Tornava, a volte, e se ne andava quasi subito. Le sue assenze si facevano più frequenti e prolungate. Vanna, con il telefono in mano, aspettava e sapeva di non poterlo chiamare e nemmeno messaggiare. La nuova condizione la lasciava in uno stato di profonda agitazione. Ansia e paura di averlo perso, che lui si fosse stancato.

«Non vorrai forse compromettermi?» La rabbia nella voce, mentre scalciava una seggiola della cucina. Vanna fingeva di comprendere le sue ragioni e, come sempre, lo assecondava per tornare a sentirsi dire che era la donna che lui voleva.

La sua frustrazione, però, aumentava e una sera decise di tentare una debole protesta.

«Sai, sono stanca di doverti sempre aspettare senza avere tue notizie» prese il *mate* per scaldarsi le mani e lo avvicinò al petto. Dalla bocca le uscì solamente un filo di voce.

«Ti ho spiegato che non è facile per me. Non essere così complicata.» Vanna notò che aveva un sorriso bellissimo.

«Non è questo, solo che mi manchi quando non ci sei.»

Lui si lasciò cadere sul divano e la invitò a sedersi sulle sue gambe. Vanna obbedì come sempre, ma quella volta si irrigidì quando le mani di lui si insinuarono sotto al vestito.

«Cosa ti succede oggi?» le chiese, scostandola con violenza fino quasi a farla cadere.

«Niente, solo che nemmeno per me è sempre facile.» E gli girò le spalle.

Il calcio le arrivò improvviso da dietro, colpendola sulle reni e la fitta di dolore la fece risvegliare dal suo lungo sonno. Tentò di reagire e di fuggire, ma lui la trattenne, strattonandola per i capelli e obbligandola a proteggersi con le mani. La picchiò a lungo fino a sfogare la rabbia bastarda che se lo mangiava da dentro, mista a frustrazione.

Vanna si risvegliò nuda e immersa nell'acqua calda della vasca da bagno. Provò sollievo aspirando dal naso il profumo di pino del bagnoschiuma.

«Perché?» Lui non rispose, ma sorrise e ancora una volta Vanna lo trovò bellissimo. Le accarezzò il viso e le cantò una canzone; poi la prese in braccio e la avvolse in un asciugamano, portandola sul letto.

«Grazie» gli disse Vanna quando lui l'adagiò delicatamente sdraiandosi accanto a lei.

«Sei una stupidina, però ti voglio bene. Tu, me ne vuoi almeno un po'?»

Da quella sera fu come salire su un'altalena che oscillava piano, inarrestabile. A volte lui scendeva, lasciandola sola a dondolare. Il corpo e l'anima segnati da solchi profondi. Il dolore di non sentirsi più amata.

Una mattina Vanna, stanca e affranta, si era avventurata fuori dalla loro casa. Senza sapere dove andare aveva cominciato un peregrinare che, inizialmente incerto, si era fatto più consapevole a ogni passo, mentre si lasciava pervadere da un senso di ritrovata libertà che tuttavia la spaventava.

Si abbandonò sull'erba di un parco, ammirò le vetrine di alcuni negozi per poi accorgersi di non essere più in grado di tornare.

L'aveva trovata lui con l'aiuto di alcuni amici, seduta su una panchina e l'aveva punita.

Vanna sapeva di esserselo meritato, perché non si tradisce un patto. Ogni giorno nuovo era per lei l'occasione di farsi perdonare e amare ancora e l'arrivo di Giulia aveva rovinato tutto.

Vanna tornava sempre con il pensiero a La Plata dove aveva lasciato quella casa. Gli avvocati di famiglia ci andavano al posto suo, ogni volta con un certificato medico attestante il suo cattivo stato di salute fisica e mentale. Si sentiva guardata a vista, si sforzava di mangiare e condurre una vita il più possibile normale, ma non sapeva ancora come ne sarebbe uscita.

Quella mattina percepì il profumo del caffè che le solleticava le narici e desiderò alzarsi e prenderlo con chi l'aveva aspettata, nonostante tutto. Volle guardarsi allo specchio: sotto gli occhi restavano due piccoli lividi violacei, oramai impercettibili. In certi momenti avrebbe voluto che si stampassero indelebili, per non dimenticare; ma se ne sarebbero andati prima o poi, come la sensazione di aver avuto l'amore sotto alla pelle.

Ci voleva solamente un po' di pazienza.

È un buon inizio, si disse davanti allo specchio.

L'unico fiore della casa

«Sono già le dieci.» Rosa aprì le spesse tende lasciando che la luce entrasse dalla finestra. Guardò in basso e vide che alcuni bambini giocavano, rincorrendosi attorno alla fontana. Si avvicinò al letto e delicatamente toccò la spalla di Laila, scuotendola appena. Nessun movimento. Si sedette accanto a lei e cominciò ad accarezzarle i capelli. «Bisogna che vi alziate. Dovete fare uno sforzo. Domani sarà tutto finito.»

I preparativi per l'accoglienza dei parenti in arrivo dai luoghi più remoti del Paese erano cominciati con due mesi di anticipo. Laila si muoveva leggera in mezzo al trambusto degli uomini di fatica che si indaffaravano senza sosta per allestire le stanze e soddisfare i capricci del padrone di casa. Finestre e porte si spalancavano sul patio per permettere alla luce e all'aria di entrare. Braccia forti spostavano i mobili, le maniche delle camicie risvoltate.

«Sei l'unico fiore della casa» le disse la prima volta, passandole accanto nel giardino. Un soffio all'orecchio, una ciocca di capelli che si sposta leggermente. Il brivido mai conosciuto. Laila non si accorse subito di lui, ma sentì l'odore del fiato caldo della sua bocca. Qualche passo e poi si girò. Lui, in piedi, l'aspettava. Si guardarono da lontano e dentro, negli occhi. Laila vide montagne e percorse le mille strade su cui l'uomo aveva camminato. In fondo, il mare: l'oceano calmo e caldo che lei non conosceva perché nessuno glielo aveva mai disegnato. In quel viso si perse e ne sbirciò i segreti.

Nessuno si accorse di quello sguardo scambiato, tranne l'attenta Rosa. Lei, che sapeva molto e sempre troppo presto e aveva occhi silenziosi, mai in cerca di spiegazioni, solo di conferme.

Lei, che coglieva il tremore sotto la pelle, il fiato che manca un secondo di troppo.

«Cosa fate, stupida signorina» disse, senza neppure voltarsi «non si guarda, che sennò si accorgono. Vi insegno io come si fa.»

La voce era lasciva, velata dal piacere sottile nel sorprendere l'innocenza. Sembrava volerla proteggere. O divorarla. Forse entrambe le cose.

E così le aveva insegnato, con pazienza e gentilezza, come ci si procura il piacere. Le aveva spiegato come si tiene saldo un uomo fra le gambe. Le aveva mostrato quello che non era conveniente sapere.

Trascorrevano la maggior parte della giornata rinchiuse nella stanza, giocando fra loro, complici. La piccola chiedeva e Rosa illustrava, come una maestra sapiente, l'arte di fare l'amore. Laila imparava in fretta e il suo animo si inquietava davanti alle illustrazioni che la servetta le portava, ripiegate e nascoste nei risvolti della camicetta e sottratte dai cassetti del patrigno.

Laila non mangiava più e la sua pelle si era fatta ancora più pallida. Le finestre della stanza erano sempre socchiuse, a proteggerla dal sole e dagli sguardi di chi avrebbe voluto sapere. La madre, preoccupata, la visitava di tanto in tanto, constatandone il precario stato di salute e facendo domande alla domestica. La fedele Rosa sapeva sempre come rispondere.

«È malata di nostalgia» dicevano i medici. «Forse ha la febbre *dengue*» aggiungeva qualcuno più istruito. «La bimba è assalita dai brividi, ha gli occhi sparuti. Non ci sono dubbi sulla diagnosi.»

Laila si spegneva piano come una candela sotto a un bicchiere di vetro, mentre la mano forte di Rosa stringeva la sua. La servetta allora prese da sola una decisione: lo avrebbe cercato con la complicità di sua madre.

«È troppo pericoloso» le disse la vecchia, mentre si guardava attorno indaffarata nelle faccende domestiche, fingendo di non dare troppo peso alla cosa. Poi, alzando il tono della voce: «Ci tiriamo in casa il malocchio. Io dico di no.» Cercava di non incontrare lo sguardo della figlia, perché a volte la sua risolutezza le faceva paura. Quella, in piedi accanto al tavolo, non era disposta a desistere.

«Maledetto il giorno che ti ho partorita, *bruja*.» Lo schiaffo le arrivò di traverso e la colse di sorpresa, ma soltanto per un attimo. Poi Rosa si voltò e le due donne tornarono a fronteggiarsi.

«Io dico che non si può aspettare perché quella bambina muore d'amore.»

E così lo trovarono, nella sua stanza al secondo piano sopra la farmacia della piazza, in mutande, mentre aspettava che l'unico pantalone oltre a quello che gli serviva per gli spettacoli, asciugasse al sole delle due del pomeriggio. L'uomo si vergognò per un attimo della sua condizione. Una luce fioca entrava dall'abbaino, racchiudendo in un cono la polvere che fluttuava nella stanza. Con un movimento calmo prese il lenzuolo dal lettino e se lo avvolse in vita. Rosa notò le sue mani di musicista con le dita affusolate e le unghie lunghe e pensò che anche solo per quelle valesse la pena.

«La colpa è la tua, adesso lei muore.»

«La colpa è la sua e a morire sono io» rispose.

Fu necessario attendere i giorni buoni perché la luna non interferisse. Silenzioso e con la complicità delle due donne e del buio, lui scavalcò la finestra.

La prima volta che si introdusse nella sua stanza Laila non provò paura, piuttosto un sollievo, e lo accolse scostando la coperta perché riconobbe l'odore della sua bocca. L'uomo si sdraiò accanto a lei, delicatamente, come se avesse paura di romperla. Fece scivolare la sua mano sotto alla camicia da notte, accarezzandole le cosce magre e cercò i piccoli seni, tentando di afferrarli fino a farla gemere. Laila prese quella mano, se l'appoggiò sul ventre e la tirò fino a giù, chiedendosi come sarebbe stato. Le dita di lui si fecero spazio e si insinuarono dentro. Gli cercò la bocca e intrecciò la sua lingua come le aveva insegnato Rosa. Lui si stupì e capì che lei avrebbe resistito, che non si sarebbe rotta davvero. Così la prese e, facendola sua, le insegnò a baciare in punta di piedi.

Tante notti seguirono a quella. Si prendevano con forza, come esseri rabbiosi, e poi parlavano a lungo fino all'arrivo puntuale di Rosa che vegliava in silenzio dietro al paravento. L'uomo le confessò della moglie che aspettava paziente che lui facesse ritorno a quella loro casa lontana, oltre le alte montagne. A Laila non importava. Le raccontò dei suoi viaggi e della prima volta che aveva visto il mare. Laila ascoltava fino ad addormentarsi e trascorreva la giornata seguente nel torpore, come sospesa nell'attesa di lui e delle tante notti che passarono fino a quando la luna lo permise. Poi, lui non scavalcò più quella finestra.

Rosa scostò le tende e aprì le finestre. «Signorina, sono già le dieci e vostro padre vi aspetta.» Laila si voltò e guardò l'amica, cercando in quel volto tutto il coraggio che le mancava. Si lasciò guidare e scelsero insieme l'abitino rosso che scopriva le spalle, regalo di papà, e che la mamma aveva trovato sconveniente.

Rosa le raccolse i capelli. L'una seduta di fronte allo specchio e l'altra in piedi con una spazzola nella mano. Le mani scure della servetta intrecciarono abilmente i capelli di Laila e una carezza al bianco collo sfuggì alle dita esperte. «Sarai sempre vicino a me?» La servetta la guardò. «Sempre, quando sarà necessario.»

Laila scese nel patio dove gli ospiti si erano riuniti per proteggersi dalla calura della mattinata, sotto la tettoia piegata dal peso della fioritura dei rampicanti. Mille ombrellini bianchi riparavano le signore, mentre intrattenevano fra loro conversazioni leggere circa i nuovi tessuti provenienti dall'Europa per confezionare gli abiti. Gli uomini sedevano ai tavolini presso la fontana scambiandosi idee sul prezzo del caffè. Musica di *boleros* in sottofondo spezzava l'attesa del pranzo.

Nel pomeriggio la comitiva si sarebbe poi diretta alle terme di Rio Hondo per una seduta terapeutica alle piscine di acqua minero-medicinali.

Il rosso dell'abito attirò l'attenzione di molti. Il corpo androgino di Laila ricordava quello di una creatura sotterranea, pallida e fragile che si muoveva lentamente, come in cerca di un varco tra le radici della terra. Varchi come voragini si aprirono nelle viscere di coloro che indugiarono lo sguardo su di lei. Il braccio esile sollevato e la mano, bianca come la sua pelle, stringeva il parasole di seta. Ci fu un mormorio che destò le signore dal loro torpore.

Uno degli orchestrali smise di suonare, abbassò il capo e sentì che qualcosa gli veniva strappato da dentro. Gli venne voglia di piangere. Cominciò a sudare nell'abito troppo pesante, inadatto a quella calura estiva, mentre la camicia si appiccicava alla pelle della schiena.

Il padre di Laila la vide e si aprì in un sorriso. Si mosse per darle il braccio e l'accompagnò per un tratto. Poi, lasciò che conversasse libera tra gli invitati sotto il suo sguardo compiaciuto. A quel punto la musica di *boleros* riprese ad allietare la tarda mattinata.

Quando uno degli orchestrali aveva smesso di suonare, rompendo la musica, Laila non si era girata per guardarlo perché Rosa le aveva stretto forte la mano.

«Non vi farà troppo male, fidatevi di me» le aveva detto mentre l'aiutava a indossare l'abito rosso. «È l'unico modo, ci andiamo stanotte. Lo ha già fatto tante volte.»

Laila pensò all'uomo e le dispiacque. Pensò anche al suo bambino, provando una fitta di nostalgia. Strinse ancora più forte la mano di Rosa e cercò gli occhi di suo padre fra i molti. Li trovò e vide che sorridevano a lei.

Le parole che non so dire

«Apri le persiane, per favore.» Si girò lentamente su un fianco e appoggiò la testa sulla propria mano.

Il lenzuolo appena scostato.

«Sei morbida e hai una pelle bianchissima.» Parole sussurrate all'orecchio.

Lei pensò che la sua morbidezza fosse dovuta all'età e che non fosse una dote e provò un senso di disagio. Volle allora coprirsi sollevando il lenzuolo. Lui le prese la mano e la trattenne. «Non farlo mai, ti prego.»

Appoggiò la sua bocca sul braccio della donna e cominciò a baciarlo. Risalì lentamente fino al collo, poi la leccò e ne sentì il sapore. Lei provò un doloroso piacere, simile al taglio di una lama.

«È tutto sbagliato» disse con la voce strozzata in gola. Lui rispose con il silenzio, soltanto i baci che lei sapeva ascoltare.

Quando aprì gli occhi, la donna vide che i raggi del sole ricamavano disegni sul pavimento. Si soffermò a osservarli e notò alcune formiche che formavano una colonna ordinata che risaliva fino all'infisso della finestra.

«Sono io che sono sbagliata.»

Lui ebbe pazienza e volle dimostrare la maturità che non aveva ancora. Si mise a sedere e invitò anche lei a farlo. Non era abituato alle parole, pensava fossero cose da grandi. Preferiva i fatti. Preferiva, le cose, prendersele a morsi. Dove non arrivava ad afferrarle con le mani, le mordeva. Come un cannibale odorava il sangue che pulsa nelle vene.

Cercò le parole che non aveva, lo fece anche se gli sembrava inutile. Si sforzò e qualcosa nel fondo riuscì a trovare. «Come mai hai così paura?» chiese. «È colpa mia? Non ti piaccio abbastanza?»

Lei sorrise e non rispose. Si limitò a guardarlo, trovandolo bellissimo. Sul suo volto la barba cresceva appena.

«Ridi? Mi prendi in giro perché pensi che sono un ragazzino.»

Allora le dispiacque. Le dispiacquero tante cose. L'aver detto sì, alla fine di tutto. Trovarsi in quella stanza, per cominciare.

«Non sto ridendo, ti ho sorriso. Posso, vero?»

«Certo.»

«Dimmi.»

«È complicato.»

«Non deve esserlo sempre, per forza.»

Adesso era lui ad avere paura. Paura di perderla. Paura dell'aereo che lei avrebbe preso. Mancava così poco.

Provò a dirlo, ma la donna non ascoltò perché si perse a guardare oltre la finestra socchiusa. Un patio con alcuni animali; il *monte* subito oltre la piccola proprietà. Una capretta infilò, curiosa, la testa all'interno.

«Cos'è questo odore?»

«Sono le puzzole, è pieno qui intorno. Ti ci potresti anche abituare.»

Lei scoppiò finalmente in una risata genuina.

«Pensavo di peggio» gli rispose.

Lui si convinse che tutto fosse passato, che lei fosse

finalmente felice di trovarsi in quel luogo, loro due soli, insieme. La desiderò ancora e si prese quello che voleva. Lo prese a morsi, come era abituato a fare, senza lasciarle il tempo di respirare.

Sentiva il calore del suo corpo, mentre la stringeva fino a farle male. E gli piaceva avere quel corpo fra le mani, alzarlo come il trofeo che tante volte quell'estate lui aveva esibito. Perché lei era diversa e quindi desiderabile.

Si ricordò delle volte che la gelosia lo aveva preso e lasciò che quel sentimento simile alla rabbia si ripresentasse, lì e in quel momento. Gli permise di risalire dall'inguine allo stomaco e poi sentì che ridiscese in basso, dove trovò il suo sfogo.

Quando riaffiorarono, lei tornò a fare la stessa richiesta.

«Apri le persiane, per favore.»

«Sono già aperte, lo sono sempre state.» Il caldo si faceva prepotente e lui percepì l'acidità del proprio sudore sulle labbra.

«Vuoi qualcosa da bere? Ho della birra.»

Ancora una volta, lei non lo ascoltò.

«Vive qualcuno qui con te?» Pensò a quanto fosse stato imprudente non fare quella domanda da subito.

«Mia madre e mia sorella. Ma stai tranquilla, in questi giorni non ci sono.»

«Dove sono?»

«Ha importanza? Non ti fidi?»

La donna non rispose. Sollevò ancora il lenzuolo e tornò a coprirsi dallo sguardo di lui.

«Vorrei una birra.»

Lui si alzò e non aveva niente addosso. Portò una birra che condivisero.

«È calda.»

«Tu sei calda. Mi mancherai.»

«Cosa ti mancherà di me?»

«Mi mancherai tu. Mi piace stare con te. Non solo a letto, intendo.»

«E quando, ancora?»

«Sempre. Quando parliamo, quando ce ne andiamo in giro con la moto. Quando andiamo a ballare. Più di tutto mi piace quando non mi dici che sei troppo impegnata.»

«Ma io sono veramente troppo impegnata.»

Seduto sul letto, volle scoprirla e guardarla ancora. Quella volta, lei non glielo impedì.

«Quanti anni hai?»

«Mi prendi in giro?»

Lui contò con le dita. La donna gli prese la mano e la strinse forte.

«Smettila di contare. Lo sai che sono tanti.»

«Io sembro più grande.»

«Questo te lo dici da solo» e gli sorrise perché sentì di volergli bene. L'amore no, pensò, quello è un'altra cosa. Sesso e affetto. Uno strano connubio. E se l'era andato a cercare così lontano da casa, come si fa con certi peccati, quelli che vogliono buio, silenzio e nessun testimone.

Ebbe voglia di sgranchirsi un po' le gambe e allora si alzò. Si diresse verso la finestra e sollevò del tutto la persiana. La luce inondò la stanza e l'umidità lasciò lo spazio al calore. Restò ferma, in piedi, per qualche secondo, ad ascoltare il frinire assordante delle cicale. Oltre il patio e i cespugli bassi si vedeva la strada. Passò un piccolo autocarro scoperto con alcune persone sedute nel cassone. Passarono anche turisti in bicicletta.

Lei non sapeva come ne sarebbe uscita, né se lasciare quel letto fosse davvero ciò che il suo corpo voleva. Portava sulla pelle il modo in cui lui la mangiava: con la bocca, con gli occhi, con tutta la fame che aveva addosso. Lei sapeva solamente che quel momento era perfetto e ci si calò dentro. Tornò nel loro letto dove lui l'aspettava e lo tirò a sé, ancora una volta.

Lo scorrere incessante delle acque

Quella mattina avevo scelto un tavolo vicino alla grande vetrata della sala da pranzo, posizione privilegiata per ammirare la maestosità delle *cataratas*. La vista era incredibile: le tonalità di verde della foresta sfumavano come a morire nel giallo delle pareti scavate da secoli dallo scorrere incessante di quelle acque eterne.

Il sistema di insonorizzazione della stanza e il rumore delle tazze non riuscivano a coprire del tutto quello delle cascate.

Approfittai dell'attesa per controllare il telefono. Mia madre mi aveva chiamata durante la notte. Mi ritrovai a sorridere di quella sua piccola ingenuità e calcolai che, nonostante io fossi in viaggio da quasi due anni, il fuso orario costituiva per lei ancora un mistero.

Non avevo voglia in quel momento di richiamare, perché distratta dai colori dei *ponchos* impermeabili dei turisti che si avviavano lungo i sentieri che segnano i percorsi arrampicati a strapiombo sull'acqua. Ero ancora assorta con lo sguardo oltre la vetrata quando la giovane cameriera sopraggiunse.

«Cosa le porto?» mi chiese premurosa.

La guardai e notai che aveva splendidi tratti indigeni e mani scure. Indossava una fede e mi chiesi se fosse già madre.

«Una tazza di caffè, per favore.» Non riuscivo a toglierle gli occhi di dosso e mi attirava il suo seno prosperoso che per me era un miraggio lontanissimo, a meno che mi fossi sottoposta a una chirurgia plastica.

Cosa che, in ogni caso, non era nei miei programmi.

La ragazza teneva fra le mani un taccuino per raccogliere le ordinazioni.

«È già molto caldo stamattina» mi disse, senza dare segno alcuno di impazienza. «Il termometro segna trentadue gradi.»

«A me piace questo clima, mi fa stare bene.»

La cameriera sorrise, mentre versava dell'acqua nel bicchiere.

«Di solito i turisti si lamentano» disse. «Arrivano senza informarsi e quasi esclusivamente per regalarsi uno scatto con le cascate. Finiscono poi con il trascorrere le giornate cercando aria condizionata e lamentandosi in continuazione.»

«Io non mi sto lamentando.» Appoggiai d'istinto la mia mano sulla sua, mettendo in risalto la differenza di colore della nostra pelle. Nonostante mi trovassi in Paraguay da sei settimane, avevo mantenuto un colore roseo e i miei capelli chiari non soffrivano l'umidità del territorio, cosa che mi piace puntualizzare con un certo vanto.

«No, lei no. Le porto subito il suo caffè.» Sfilò la mano da sotto la mia e si girò, dirigendosi verso il bancone dietro al quale il personale si affrettava con le bevande calde.

Nell'attesa, controllai di nuovo il cellulare. Avevo arricchito i canali social di immagini delle cascate e del mio viso forzatamente sorridente. Il blog aveva un buon successo e il numero dei follower aumentava. Sapevo quello che volevano da me: erano voraci di immagini e generosi nei commenti, come se in quel luogo ci fossero nati oppure non vedessero l'ora di partire il giorno successivo, con la valigia pronta sotto al letto. La noia del rispondere sempre con lo stesso grazie e il dolore al collo per la postura mi facevano venire voglia di mollare tutto per godermi finalmente i paesaggi con gli occhi e non da uno schermo. Tuttavia, era il lavoro che mi ero scelta e per quel periodo andava bene. Mi consolavo al pensiero che le persone guardassero l'America attraverso i miei occhi. C'era poi quel rendiconto economico utile per ripartire e non fermarmi. Così era stato per due anni di girovagare e migliaia di chilometri e contributi caricati sui miei profili.

Distolsi l'attenzione dalle cascate ipnotiche quando la cameriera si avvicinò con la mia tazza di caffè fumante.

«Mi sono permessa di portarle alcuni *alfajores*. Sono freschissimi e stamattina li hanno fatti con il *dulce de leche*. Ho notato che lei mangia poco da qualche giorno.»

Ricordo che in quel preciso momento riuscii a percepire la dolcezza di quelle parole che mi serviva per farmi sentire a casa. Io la guardavo come se fosse la prima volta, lei invece mi aveva già notata. Non risposi, non ringraziai, mi limitai a un sorriso.

Non so il perché, ma quella mattina il caffè ebbe un gusto particolarmente buono. Decisi di trattenermi in sala da pranzo più del solito perché stavo organizzando la mia partenza e lo volevo fare serenamente, senza alcuna fretta. Trovai un quotidiano appoggiato sul tavolo accanto al mio e lo presi per il semplice gusto di tenere ogni tanto la carta fra le mani. Naturalmente si parlava di Paraguay-Italia, finita in pareggio. Nonostante mi interessasse poco, mi soffermai a leggere.

Avevo ancora la testa affondata nel quotidiano, quando notai un uomo entrare nella sala alle spalle della cameriera. Lo intravidi fermarsi vicino all'ingresso, forse indeciso su quale tavolo scegliere. Attesi curiosa che qualcuno giungesse in sua compagnia, ma nessuno si unì a lui. Avanzò lentamente guardandosi attorno, si accostò al tavolo del buffet e prese un piatto.

«È arrivato ieri. Viaggia da solo, come lei.» La cameriera si era avvicinata per ritirare gli avanzi della colazione e mi piacque in quel momento il suo modo ammiccante di pronunciare quelle poche parole.

Indugiai un attimo su di lei e poi tornai a controllare il nuovo arrivato.

Mi attiravano i suoi modi eleganti e notai che portava un paio di occhiali appoggiati al petto e saldamente afferrati a una cordicella. Non era giovane, tuttavia la t-shirt aderente rivelava un fisico atletico. Aveva una pelle molto scura e capelli crespi tagliati corti. Immaginai fosse originario del Brasile, forse in visita di piacere anche lui.

Scelse un tavolo d'angolo poco distante dal mio e si sedette. Chiamò un ragazzo fra quelli a disposizione in sala che parlò con lui e sorrise rivolto verso di me. Si accertò che anche io lo guardassi e mi fece un cenno di saluto che contraccambiai volentieri. Non mi spaventava la facilità con cui le persone interagivano. *Sono in America.* La magia di quelle parole echeggiava nella mia testa a ogni incontro. Tutto era diverso, diversa la misura delle cose e il peso degli eventi. Ogni azione appariva più leggera e si danzava su ritmi cadenzati dal rumore dei piedi che battono il suolo.

Io stessa nel frattempo ero cresciuta. Avevo lasciato la ragazzina a sbaciucchiarsi sui gradini sporchi di una stazione per incontrare una donna matura che non si lasciava spaventare, perché nel mezzo di quel peregrinare aveva compreso di essere sempre libera di scegliere. "L'amore e l'aria non si pagano", c'era scritto sul muro della UBA a Buenos Aires, bello grande, così che si potesse leggere bene e per non sbagliarsi.

Io sapevo che lui si sarebbe alzato per venire verso di me. Niente mezzi termini fra due estranei, niente compromesso o impegno. Si sceglie in due e nessuno poi ci resta male.

«Non ho molto tempo perché domani parto. Inoltre, la camera è sottosopra con vestiti da tutte le parti.»

«Hai un accento strano» mi disse simulando un atteggiamento sensuale molto forzato. Ricordo che lo trovai divertente; non lui, quanto piuttosto quella sua maniera costruita. *Non hai bisogno di sforzarti tanto per portarmi a letto.* Mi giravano in testa queste parole che evitai di spiattellargli dritte in faccia perché volevo prendermi ancora un po' di tempo per capire se la cosa avrebbe funzionato. Forse lo avrei fatto così, tanto per fare, come si dice, un profano saluto al sole sull'altipiano del Cuzco il primo giorno d'estate.

«È l'accento che mi sono fatta girando un po' in lungo e in largo. Molto mescolato, me ne rendo conto.» Mi aspettavo che mi chiedesse qualcosa dei miei viaggi, ma era evidente che l'argomento gli interessava poco. Inoltre, percepivo un'impazienza che in altri momenti avrei assecondato, ma quella volta mi diede un certo fastidio.

Per non lasciar morire del tutto la conversazione – chiaramente non era uno sprovveduto – si alzò galante e mi tese la mano compiendo una sorta di impercettibile inchino.

«Facciamo camera mia, va bene?» Non risposi, ma gli concessi la mano, assecondando quella farsa.

Uscendo dalla sala cercai gli occhi della cameriera, incrociandoli in un gioco che finalmente mi eccitò. Niente a che vedere con le sensazioni che quell'uomo mi trasmetteva.

La stanza si trovava al secondo piano dell'albergo e la ragazza lo sapeva bene. In ascensore lui cominciò a stringermi in un abbraccio contro la parete. Decisi di lasciarlo fare, come fosse una specie di aperitivo. Fortunatamente la salita fu breve e mi scappò da ridere quando lui mi prese in braccio, come due sposi che varcano per la prima volta la soglia di casa. Cercò la tessera, stretta nella tasca dei jeans, faticando perché lo spazio all'interno si era notevolmente ridotto. Quando la porta si aprì, aspettai che la ragazza spuntasse dalla scala di servizio. L'uomo ci mise poco per capire che l'invito non era esteso anche a lui. Rimase a guardarci in piedi nel corridoio, con il suo disagio strizzato nei jeans.

«Almeno lasciatemi la porta socchiusa» disse con un mezzo sorriso, come se sapesse che il gioco era appena iniziato e forse lui non era escluso.

«A me sta bene, e a te?»

Le cinsi la vita e mi addormentai per risvegliarmi in

paradiso.

In due sul tetto del mondo

L'aereo atterrò all'aeroporto El Alto con cinquanta minuti di ritardo, dopo un viaggio lungo ed estenuante durante il quale Viola quasi non aveva chiuso occhio. Le quattordici ore di volo l'avevano sfinita.

«Sembri una che si è appena alzata dopo una notte da incubo, povera la mia piccola» le disse Chiara mentre toglieva il bagaglio a mano dal vano «sei tutta spettinata. Guarda i tuoi capelli! Sono così elettrici che volano via.» Lo disse sorridendo mentre, preoccupata, teneva costantemente monitorata l'amica, che aveva tutta l'aria di chi non sta affatto bene. «Dovresti venire con me più spesso. Si vede che non hai mai viaggiato veramente.»

Chiara si fece strada fra le persone e le valigie con la sicurezza che la distingueva. Agile e veloce, creò un varco, così che Viola ci si potesse infilare nell'attesa che si aprisse il portellone dell'aereo.

Viola cominciò a muoversi lungo lo spazio fra i sedili, lasciandosi quasi spingere da Chiara. Sentiva l'amica dietro di sé e ciò le infondeva sicurezza, così le appoggiò delicatamente la testa contro la spalla.

Chiara ne percepì il peso e il contatto con i capelli che le sfioravano il viso la fece rabbrividire. Le odorò il collo e desiderò che il tempo si fermasse.

Quando Viola si affacciò dall'aereo, l'impatto con l'aria rarefatta la sconvolse e il suo malessere si accentuò. Aveva letto molto sul *mal de altura* prima di partire e si era informata, per questo cercava di muoversi lentamente e respirare "a piccoli sorsi".

Cominciò a scendere la scala d'imbarco tenendosi bene attaccata al corrimano e cercando di guardare avanti ma, arrivata all'ultimo gradino, la vista le si annebbiò: riuscì a fare solamente pochi passi quando Chiara la prese forte e la tirò a sé.

«Apri bene gli occhi amore mio e guarda» le disse. «Ti ho portata sul tetto del mondo.»

Le parole arrivarono da lontano, quasi ovattate all'orecchio di Viola, che ebbe solamente la percezione del contatto con la bocca di Chiara che la stava baciando. Sentì la sua lingua calda che spingeva forzandole le labbra quando, lentamente, si accasciò e perse i sensi.

Si risvegliò qualche minuto dopo, sdraiata sul pavimento della piccola hall dell'aeroporto. Accanto a lei, un'assistente di volo e Chiara che le sorrideva.

«Non preoccuparti e soprattutto non spaventarti» le disse l'operatrice. «Succede frequentemente ed è attribuibile all'altitudine e anche un pochino alla stanchezza. Ricordati che stai respirando a oltre quattromila metri. I tuoi polmoni si devono abituare e anche il tuo cuore. Da quanto non mangi?»

Viola, tutte quelle parole non le ascoltò. Guardava l'amica: immagini e sensazioni si susseguivano vorticosamente nella sua testa. *Era successo veramente?* Decise di rimandare le domande a quando sarebbero state sole, ma aveva paura di essersi sognata tutto e di apparire sciocca.

Un uomo con un viso bellissimo dai tipici tratti andini si avvicinò con un bicchiere di acqua e l'aiutò a sedersi. Viola si guardò attorno, accorgendosi che la stessa sua sorte era toccata ad almeno altri quattro malcapitati come lei che si erano trovati sul suo stesso volo.

Si sentiva molto stanca e con un cerchio fastidioso alla testa. Se compiva movimenti bruschi tutto riprendeva a girare. Decise, allora, di rimanere sdraiata ancora un po', appoggiando la testa al piumino che Chiara si era tolta per attutire la durezza del pavimento.

L'amica abbozzò un altro sorriso e poi le prese la mano. Viola, delicatamente, si sciolse da quel contatto. Aveva bisogno di capire.

Chiuse gli occhi e ripercorse con la mente le immagini del loro incontro avvenuto qualche mese prima nella bottega di Chiara, dove Viola era entrata attirata da quei volti dai tratti semplici, dipinti con colori quasi innaturali. L'accostamento deciso dei complementari le aveva ricordato Matisse. L'artista si era dimostrata molto affabile e avevano chiacchierato a lungo di arte fino a terminare il pomeriggio di fronte a una tazza di caffè.

Erano molto diverse fra loro e, per questo, si piacquero da subito.

Viola pensò a questo e a molto altro mentre cercava di dare un senso alle attenzioni che riceveva costantemente dall'amica. Attribuiva certi atteggiamenti alla propria fragilità, in opposizione alla sicurezza e sfrontatezza di Chiara. Si affidava spesso a lei nei momenti di difficoltà, ma anche nelle piccole azioni quotidiane. Chiara era sempre presente: pronta a sorreggerla, a difenderla, a spronarla.

«Ti ho portata sul tetto del mondo» le disse ancora Chiara, sfiorandole l'orecchio con le labbra.

A Viola si strinse lo stomaco. Quelle parole sembravano contenere qualcos'altro, qualcosa che non era ancora stato detto. Allora finse di non capire.

«Ripetilo» disse quasi senza voce.

«Cosa vuoi sentire?»

«Tutto, per favore. Come prima. Non lasciarmi a metà.»

Chiara la guardò seria e le si avvicinò ancora.

«Ti ho portata sul tetto del mondo, amore mio» ripeté, fissandola negli occhi. «Perché volevo baciarti lì, dove l'aria è più sottile, e non ci si può nascondere.»

Viola distolse lo sguardo. «Per me è la prima volta.»

«Lo so» rispose Chiara. La sua voce era ferma, ma dolce. «E non voglio forzarti. Ma non mi era mai capitato di aver paura di perdere qualcuno.»

«Perché io?»

«Perché sei l'unica che mi fa tremare le mani. E quando sei vicina, non riesco a fingere.»

Viola appoggiò la testa sul petto di Chiara e chiuse gli occhi per un istante. Poi, lasciò che le stringesse la mano e l'aiutasse ad alzarsi. Non stava meglio, ma si sforzò di trovare il giusto respiro affinché il suo affanno terminasse. Non sapeva bene a cosa il suo cuore si sarebbe dovuto abituare; forse a un amore nuovo e fresco come l'aria rarefatta che respiravano. Bisognava solamente decidere se lasciarla entrare.

Non che io faccia nulla di trascendentale. Piu o meno faccio quello che facciamo tutte.

A volte non è il corpo a varcare confini, ma il desiderio; che si muove lento mentre tutto sembra fermo.

Il tempo, fuori, continua il suo viaggio altrove; dentro, invece, restare diventa un altro modo di attraversarlo.

Intermezzo

Oggi non ho voglia di viaggiare veramente. L'ho fatto troppo negli ultimi anni e mi sono stancata. È così: «Adesso sono stanca.» Lo grido mentre corro fra le stanze di casa come se fossi una bambina. Mi agito e sorrido.

«Alexa, suona musica di Onda Vaga.»

«Riproduco in ordine casuale i brani di Boomdabash.»

«Alexa, stop. Alexa, suona musica di Onda Vaga.»

È inascoltabile e inaccettabile questo mio dialogo surreale con il nulla. Rido ancora e mi lancio sul divano. Poi mi sfilo gli slip e lancio anche quelli. Voglio fare come Monica Bellucci nel film *L'ultimo Capodanno*. Voglio essere come lei, con quelle labbra e i capelli neri, così lunghi. I miei sono chiari e faticano ad allungarsi da quando mi sono fatta il Covid due volte in un anno. Però ci sto lavorando sopra. Li taglio regolarmente, appena un centimetro e ci metto un sacco di olio sulle punte, tutti i giorni. Per l'estate li vorrei lunghi almeno dieci centimetri in più.

Gli slip sono azzurri; non credo che Monica li indossasse di quel colore prima di toglierseli per girare quella scena. Lei no. Lei è divina. Sicuramente avranno avuto la stessa sfumatura ambrata del colore della sua pelle.

Riprendo a correre e canto stonata insieme alla mia *banda* preferita. Così li chiamano in Sudamerica: non gruppi o semplicemente cantanti, ma *banda*. Anche nel sud della Spagna li chiamano così.

«Alexa, la prossima.» Questa non mi piaceva, o forse non la sapevo bene.

Oggi è la mia giornata libera. Libera nel senso che ho la casa libera. Non capita spesso ultimamente. Magari sono tutti rinchiusi nella propria stanza, però ci sono e si fanno sentire, eccome. Invece, quando a casa non c'è nessuno e non devo lavorare, fosse anche solamente per un paio di ore, ecco che fra me e Monica non c'è più differenza.

Non che io faccia nulla di trascendentale. Più o meno quello che facciamo tutte. Sistemiamo due cose in giro, ci guardiamo allo specchio da certe angolazioni improbabili, pensiamo a qualcuno (o a nessuno) e dedichiamo a noi stesse quei cinque minuti privati che fanno miracoli e magari funzionano meglio della meditazione. A volte mi butto sotto la doccia dopo essermi fatta una maschera sul viso. Mi provo un paio di jeans per vedere se mi vanno ancora bene e cerco qualcosa da abbinare nell'armadio di mia figlia che, anche se su due piedi si arrabbia, me lo presta comunque. Poi mi dico ad alta voce: «Tanto non saprei quando metterli perché al lavoro ci vado più o meno vestita sempre uguale.»

Scrivo, leggo e poi ballo. Quello sì, mi piace. Con la musica altissima, come la ascolto in macchina, quando sono sola e l'acceleratore mi scappa un po'. Mi scappa magari anche una sigaretta, con un pezzo di finestrino abbassato, altrimenti mio figlio si scoccia. È il peso della condivisione.

Ma torniamo ai miei slip azzurri che ho lanciato e

devo ritrovare prima di dimenticarmene e rischiare che sia qualcun altro a farlo. Li individuo e li raccolgo, come raccolgo sempre le mie cose e quelle degli altri. E poi ricomincio a correre e a ballare. Mi sento così libera, a volte, a tratti. Spesso no, ma va bene lo stesso.

Ho tre ore almeno da riempire. «Cosa faccio?»

Apro l'acqua della vasca da bagno perché oggi fuori è freddo e piove. La chiamano "coda dell'inverno" e io odio i luoghi comuni, però questo ci sta proprio bene. Dall'altra parte del mondo si lamentano perché è un'estate molto calda. Io dell'estate non mi lamento mai, posso arrivare fino ai quarantacinque. Ho provato anche i cinquanta ed era come camminare sulla Luna, o almeno me lo sono immaginata così. Come stare dentro a una materia lattiginosa e opaca, perché a quella temperatura nemmeno l'aria è trasparente: diventa quasi giallognola e fa male agli occhi. A me è piaciuto tanto come mi piacciono un sacco di cose che spesso sono ancora quelle dei bambini e allora preferisco tenermele per me.

La vasca da bagno è quasi piena e fumante. Pregusto già quell'acqua caldissima che quando ci metti la punta del piede ti procura un brivido più netto di quello causato dal gelo o dalla paura. A volte dal sesso, se fatto bene.

Mi sbarazzo anche della maglia e mi siedo sul bordo immergendo le gambe fino alle ginocchia. Aspetto fino a quando la pelle diventa rossa. Mi guardo e mi dico che è l'ora di depilarmi. Quando starò meglio penserò anche a quello.

«Alexa, stop» urlo fortissimo perché ho dimenticato quella del soggiorno accesa. Poi mi rivolgo all'altra dietro di me. Noi ne abbiamo quattro, più un Google Chrome e tre giradischi. Un lettore CD, due radio a manopola. Siamo abbastanza ossessionati. A volte mi chiedo se lo siamo dalla musica o forse dal silenzio da riempire.

Faccio partire la Alexa/Stanza da bagno (così l'ho chiamata sull'app, che fa un po' francese). Questa volta a volume basso perché voglio sentire il rumore dell'acqua e quello che sta dentro alla mia testa. Forse la spengo.

Ascolto il mio corpo che mi dice che è il momento giusto per immergermi. L'acqua è caldissima e io la sento dentro e fuori. Mi guardo e mi piaccio. Una strada contorta e complicata mi ha portata fino a qui. Mi piaccio adesso, forse, o mi piaccio a tratti. Come tutti, penso. Poi chiudo gli occhi e quello è il momento più bello, come quando stiamo per addormentarci. Allungo la mano e mi esploro. Mi spio nell'acciaio dei rubinetti, come se fossero occhi estranei a farlo. Per un attimo ho la sensazione di indossare ancora gli slip azzurri. Allora controllo meglio, ma so già che non è così. Controllo ancora e in quel preciso istante incomincio a viaggiare, anche se non ne avevo veramente voglia.

Vorrei baciarti, posso?

La bocca sa già cosa deve fare, ma aspetta, mentre la pelle resta tesa in quell'istante in cui il gesto non è ancora concesso.

È lì che il desiderio diventa più intenso, nel tempo breve che lo trattiene.

Old Victorian London

Ricordo che quella di Londra del 2003 fu un'estate particolarmente calda e afosa. Mi trovavo là per lavoro con l'intenzione di farmi un gruzzoletto e magari godermi la città non solo da turista, ma da vero e proprio cittadino per scoprire lati di essa che ancora mi erano sconosciuti. C'ero stato molte altre volte, per studio principalmente, ma anche toccata e fuga per assistere a un concerto (fra i tanti, quello dei The Cure a Hyde Park dell'anno prima, che mi era rimasto particolarmente dentro), oppure per fare visita ad alcuni amici.

Per lavoro era la prima volta. Ammesso che si possa usare un'espressione così altisonante per definire un lavoretto estivo come barista in un pub. In ogni caso, per la maggior parte dei miei coetanei di allora, noi fortunata generazione europea di viaggiatori pre-brexit, il barista a Londra era una delle principali aspirazioni e fonti di guadagno, soprattutto se contiamo le mance.

I giorni precedenti la partenza erano stati vissuti in maniera molto agitata, particolarmente da mia madre che si faceva in quattro a raccattare soldi per me in giro per casa di nascosto da mio padre. La sentivo piena di sé al telefono con le amiche: «Marco si trasferisce a Londra per lavoro... No cara, non so ancora per quanto tempo, dipende come gli vanno le cose là... Magari finisce che si fidanza, così poi io ho la scusa per andare a trovarlo».

Ammetto che mia madre non mi ha mai ostacolato nei miei colpi di testa, piuttosto direi incoraggiato, e considero questa una grande fortuna. Se lei avesse avuto il carattere di mio padre, probabilmente adesso mi ritroverei in qualche posto isolato al confino o piuttosto ai lavori forzati. Diciamo che io e mio padre abbiamo una visione molto differente della vita e, tra l'altro, non ci piacciamo affatto. Meglio così.

Non ero più giovanissimo, un paio di anni fuori corso e con una tesi ferma nel cassetto. Un bel fisico, atletico e definito grazie alla piscina che praticavo con costanza, un paio di occhi cangianti e due file di denti bianchissimi di cui vado ancora oggi molto fiero.

Presi la decisione di partire pochi giorni dopo l'ultimo esame di economia: avevo terminato la mia brillante carriera con un gratificante diciotto/trentesimi che avevo accettato di buon grado pur di farla finita. Ricordo ancora lo sguardo perplesso del docente che, occhialetti abbassati sul naso, passava in rassegna i miei voti e scrutava la mia espressione di sbruffonaggine. Quasi mi sentivo in colpa, poveretto. Quel diciotto pesava sicuramente più a lui che a me. Ma, come oramai si è capito, quando mi metto in testa qualcosa è difficile farmi cambiare idea.

Decisi, come le altre volte, di atterrare all'aeroporto di Luton, sicuramente il più scomodo e lontano dalla città, ma anche il più economico. Tuttavia, percorrere quei cinquanta chilometri che ti separano dal centro in treno, è l'esperienza che maggiormente consiglio ai neo viaggiatori. Ti dà la possibilità di avvicinarti alla città senza fretta, gustandoti il paesaggio che muta in tutta la sua peculiarità e unicità come quando si beve una birra ghiacciata seduti, guardando la gente passare.

Ho già rivelato di chiamarmi Marco e mi faceva impazzire la pronuncia inglese del mio nome che veniva puntualmente storpiato, ma in quella maniera che ti fa sorridere e per cui sei pronto a lasciar perdere. La *a* veniva strascicata così tanto da finire quasi col diventare una *o*, o meglio una lunghissima *oooaaa*. La *r*, poi, veniva puntualmente sacrificata nella gola. Lo trovavo super sexy, soprattutto nella bocca delle ragazze.

Avevo trovato lavoro al The Iron Duke, attiguo a Victoria Station e all'Apollo Victoria. Posti da vedere, ve lo consiglio. Un'immersione nella Londra Vittoriana che ammalia e rende la città unica al mondo.

Mi ero trovato una stanza in comune con altri colleghi lavoratori. Inutile dirvi quanto tutto andasse a gonfie vele, ma la storia che vi voglio raccontare è un'altra, sicuramente più interessante.

Il mio racconto inizia il giorno in cui lei mise piede nel pub. Fu una specie di visione. Era molto accaldata e questo le procurava un certo rossore alle guance che la rendeva ancora più bella. I capelli lunghissimi, raccolti in una specie di foulard che forse le serviva più per tamponare il sudore che non per contenerli tutti. Sorrideva, appesa al braccio di un uomo più grande di lei. Non riuscivo a toglierle gli occhi di dosso e lei se ne accorse da subito. Cominciai a sperare che l'accompagnatore fosse suo padre o forse un amico, ma notai che lei gli teneva la mano in modo inequivocabile.

Mi avvicinai per la comanda con il cuore in gola, sentendomi un adolescente al primo innamoramento. Furono molto gentili entrambi e dall'accento mi accorsi che non erano inglesi, bensì forse americani, anche se al momento non avrei saputo dire esattamente di dove.

Ricordo ancora che lui chiese una birra scura alla spina, mentre lei un sidro di mele. Noi avevamo il Bulmers e, pur non amando affatto quel tipo di bevanda, mi soffermai decantandone le lodi, per poterla guardare qualche istante in più e da vicino. Mi prese però il panico e cominciai a balbettare. Giuro che non mi era mai successo.

L'uomo che stava con lei lo trovò molto divertente e cercò di mettermi a mio agio, chiedendomi informazioni su di me. Sarei rimasto a chiacchierare con loro in eterno. Lei rideva a ogni mia battuta con una spontaneità veramente incantevole. Tuttavia, avevo il mio lavoro da svolgere e tornai a occuparmene presto anche se a malincuore.

Se ne andarono abbastanza velocemente salutando tutti come se ci conoscessero da anni. Io restai impalato dietro al bancone con la mia mano alzata, il sorriso ebete sul volto e gli occhi di un cagnolino abbandonato in un giorno di pioggia. Mi parve per un attimo che lei mi strizzasse un occhio.

Non feci in tempo a riprendermi dalla delusione che la porta si aprì nuovamente e lei entrò come una brezza leggera, posando sul piattino delle mance una banconota e un bigliettino. Mi disse che era per me. Con il cuore all'impazzata, lessi un numero di telefono. Il suo.

Passai il resto del pomeriggio in uno stato di ansia, mista a eccitazione. Lei mi aveva preso.

Fra una spillatura e un'altra, la immaginavo nuda e sdraiata sul bancone mentre apriva per me le sue gambe, guardandomi con gli occhi di una che si lascia fare tutto. Fra un caffè e un altro, la vedevo vestita di fiori e portata in processione, venerata come una madonna. Persi la testa.

«Hey, mi hai lasciato il tuo numero.» L'unica cazzata che mi uscì di bocca nell'istante in cui mi decisi a chiamarla.

«Ti sto aspettando.» Lo disse con voce calda.

«Dimmi dove e arrivo.»

Trovai la porta d'ingresso socchiusa, nel rispetto del cliché.

La spinsi e mi affacciai su un ampio salone arredato in bianco, inondato da una luce rosea che filtrava dalle tende della grande finestra in vetro, affacciata su una Londra mozzafiato.

Sentivo solamente il rumore ovattato dei miei passi al contatto con la moquette.

Lui arrivò da dietro silenzioso, posandomi un braccio sulle spalle. Fu totalmente inatteso e mi spaventai. Mi vennero in mente i film splatter dove i poveri studenti in vacanza vengono ammazzati, mentre sono costretti a subire sesso violento. Capii in un istante che sarei finito anche io protagonista di uno snuff, come Depp, su una vecchia VHS. Mi diedi del cretino per aver abboccato così ingenuamente al loro diabolico piano.

Girai la testa per guardare il mio carnefice negli occhi e quello, contro ogni aspettativa, mi sorrise rassicurante, accompagnandomi verso una porta aperta. Mi mise un bicchiere nella mano. Ne odorai il contenuto e la fragranza calda e voluttuosa del migliore fra i bourbon mi entrò nelle narici.

Lei era sdraiata sul letto, al centro della stanza, completamente nuda. Intravedevo i seni grandi con i rotondi capezzoli rosa che facevano capolino dalle lenzuola, sapientemente accomodate per offrirmi il migliore spettacolo vedo – non vedo.

Assaporai il mio whisky in piedi come se fossi il più navigato degli amanti, senza togliere gli occhi da lei. L'uomo alle mie spalle cominciò a sbottonarsi la camicia, lentamente. Poi, si accomodò su una seggiola.

In quel momento compresi quale sarebbe stato il mio ruolo nel gioco, o almeno credetti di saperlo. Finii con calma di bere e poi cominciai a spogliarmi anche io, senza fretta. Lei mi aspettava.

La chaise bleue

Quando aprì gli occhi si accorse dell'uomo immobile, in piedi accanto a lei, che sorrideva. Ci volle una manciata di secondi per risvegliarsi dal torpore causato dall'alta temperatura e per sgranchire la schiena stanca per il troppo tempo passato sdraiata sul lettino.

«Buongiorno» disse.

Lui non rispose. La guardava e ancora sorrideva. In una mano stringeva un guinzaglio e con l'altra le porgeva la borsa da spiaggia.

Lei si sollevò a fatica e indossò gli occhiali da sole. Piccole gocce di sudore le scesero dalla fronte e bruciarono al contatto con gli occhi. Si passò la lingua sulle labbra, assaporandone l'acidità e notò il cane quando sentì qualcosa di caldo che le bagnava il polpaccio.

Troppi particolari da ricomporre tutti insieme e dopo aver dormito per almeno un paio d'ore sotto il sole del pomeriggio.

Appoggiò le mani sollevandosi del tutto, chiuse ancora gli occhi e compì piccoli movimenti del collo.

L'uomo le rimase accanto, paziente, come in attesa.

«Mi chiamo Zelia.» Gli tese una mano e finalmente si accorse che quelle di lui erano entrambe occupate. Allungò un braccio e prese la sua borsa.

«Grazie.» Gli ricambiò il sorriso.

Si soffermò a osservare il cane saldamente tenuto al guinzaglio e finalmente si accorse di avere il mare tutto attorno, come se fosse stata trasportata al largo da mani invisibili e lì abbandonata.

«Credo che dovresti controllare il contenuto della tua borsa perché l'ho trovata immersa nell'acqua» le disse l'uomo. «Mi chiamo Andrea e lei è Penny.» Il cane scodinzolò quando sentì il suono del suo nome.

«Dovresti anche bagnarti un po', perché mi sembri molto accaldata.»

«Facciamo un bagno?» Lo chiese e subito si sentì incredibilmente stupida, desiderando possedere una bacchetta magica per fare un incantesimo e cancellare le parole pronunciate.

L'uomo non diede segni di stupore e appoggiò la sua stuoia; poi assicurò Penny al lettino. «Non posso allontanarmi troppo, non vorrei che si liberasse.»

Lasciarono le infradito sulla sdraio e si mossero a fatica nell'acqua, sui sassi chiari che pungevano i piedi e riflettevano una luce così violenta da ferire gli occhi.

Si immersero insieme fino a dove la sdraio era ben visibile. Nuotarono per qualche minuto, senza dirsi nulla. Ogni tanto si guardavano.

Io li osservavo, seduta sulla seggiola blu al riparo dal sole, sotto la tettoia. Dietro di me le macchine sfrecciavano e i passanti vociavano, ma io non sentivo alcun rumore.

I miei sensi accesi erano concentrati sugli sconosciuti che nuotavano nel mare scuro e spumoso, dalle onde alte.

Notai che il cane si era messo a sonnecchiare tranquillo sul lettino, accanto alle ciabatte, e non correva alcun pericolo. Probabilmente se ne accorse anche l'uomo perché vidi i due spingersi più al largo. Potevo quasi sentirli ridere: risate infantili e cristalline che si perdevano nel rumore del mare.

Mi distrassi un attimo, accorgendomi poi che uno di loro mancava. Lo cercai, pensando che si fosse immerso, magari uno scherzo divertente di lui per giocare un po'.

Sforzai gli occhi e allora mi accorsi che non si trattava di un'unica persona, ma di due, chiuse in un abbraccio. Ogni tanto, un'onda le nascondeva al mio sguardo per poi restituirmele, insieme e saldamente unite l'una all'altra.

Riuscivo a percepire il suono del loro segreto nascosto sotto il blu delle acque. Desiderai essere là, dove li avrei pregati di accogliermi. Mi sarei unita, abbandonandoci insieme alle alte onde.

Mi sistemai meglio sulla seggiola, accavallando una coscia sull'altra; il tessuto del vestito scivolò lento sulla pelle, seguendo il calore del corpo. La mia mano assecondò quel movimento naturale fino al bordo del costume e lì si fermò, indugiando appena. Una goccia di sudore cadde lungo la mia schiena, sottile e improvvisa, mentre alle spalle la città seguiva il suo ritmo. Il mio corpo rispose con un fremito trattenuto e il respiro si fece più profondo, più attento, accordandosi a quella cadenza. Chiusi gli occhi e mi immersi anch'io in quel mare.

Game over, o forse no

Era l'estate del 1983 e il campeggio Golfo degli Ulivi, sul lago, era il mio regno.

Ci andavamo ogni anno e dopo un estenuante viaggio di almeno una ventina di minuti, mio padre letteralmente ci parcheggiava là. Nel senso che io, mia madre e i miei fratelli più piccoli ci passavamo l'estate, mentre papà, che di giorno lavorava, ci raggiungeva la sera.

Avrei compiuto tredici anni a settembre, quell'età in cui ti senti grande, ma non lo sei ancora davvero. Le giornate trascorse in campeggio erano sempre uguali: sole cocente che bruciava la pelle, il lago fresco dove tuffarsi e quell'odore di pini misto al profumo del legno delle barche ormeggiate. Poi, un giorno, arrivò lei.

Non sapevo nemmeno come si chiamasse, ma la prima volta che la vidi fu mentre giocavo a Frogger, al bar del campeggio. Il bar era proprio vicino alla spiaggetta di sassi da dove si sentiva il rumore delle onde che lambivano la riva. Lottavo con il joystick, concentrato come se la mia vita dipendesse da quella rana sullo schermo, quando sentii una presenza dietro di me, qualcuno che mi osservava e che attirò la mia attenzione. La percepii prima ancora di vederla, come se il mio corpo avesse drizzato le antenne da solo, senza il mio permesso. Un calore lieve sulla nuca, un profumo di sole e lago che si mescolava allo shampoo alla frutta. Sbirciai con la coda dell'occhio ed eccola lì: capelli castani, ricci e spettinati, occhi curiosi e quell'aria di chi ha sempre qualcosa da dire.

«Sei davvero bravo, eh?» disse, sporgendosi oltre la mia spalla. La sua voce mi fece scattare e il joystick mi scappò. La rana finì asfaltata: game over.

«Più o meno» risposi cercando di sembrare tranquillo, anche se il cuore mi batteva come se avessi fatto il giro del lago correndo.

«Più meno che più, mi sa» disse lei con un sorriso contagioso.

«Vuoi provare?» le chiesi, spostandomi un po', ma lei scosse la testa.

«Nah, mi piace guardare quelli bravi. O quasi bravi» disse, con un lampo di sfida negli occhi.

E così iniziò tutto. Ogni volta che andavo al bar per giocare, lei era lì. Non sempre parlavamo, ma bastava uno sguardo per farmi sentire come se stessi facendo qualcosa di importante. Intanto, dal jukebox partivano canzoni come *Juliet* di Robin Gibb o *Doot Doot* dei Freur. Erano le hit dell'estate e sembrava che raccontassero proprio quello che sentivo io vicino a lei, quello che mi succedeva dentro. Mi chiesi, forse per la prima volta, cosa fossero tutte quelle emozioni. Erano solamente sensazioni passeggere o quello che gli adulti chiamano amore? Avrei provato le stesse cose crescendo o sarebbero cambiate?

Le mie giornate al campeggio erano una combinazione di rituali e libertà. Al mattino presto mio padre mi svegliava con il suo solito annuncio: «Dai, Luca, il pane non si compra da solo!» Andavamo al Vegè, lui con il suo passo svelto, io un po' più lento, cercando di sfruttare ogni minuto per rimuginare sui miei pensieri.

Poi, tornati al campeggio, c'era la colazione con mia madre, sempre impegnata a dire: «Luca, non stare tutto il giorno attaccato a quei videogiochi, trovati qualcosa di meglio da fare!» Oppure: «Hai finito i compiti, che l'estate passa in fretta.»

Spesso cercavo di sviare. «Mamma, sto solo facendo amicizia.»

Lei sollevava un sopracciglio, con una smorfia ironica. «Ah, sì? Amicizia o qualcos'altro? Non farmi storie, Luca, ti vedo sempre dietro a quella ragazza che mi sembra anche più grande di te.»

Dopo pranzo, pedalavo con Davide e gli altri verso le rocce del camping Cave, poco distante, da cui ci si poteva tuffare, compiendo le acrobazie più improbabili. Ogni tanto Daniela ci raggiungeva, dopo essersi fatta un bagno nel lago. Noi ragazzi ci voltavamo tutti a guardarla. L'acqua le scivolava dalle gambe abbronzate in file sottili e lucenti; un dettaglio da nulla che mi rimaneva negli occhi più a lungo del necessario. Non capivo perché, ma sentivo un piccolo nodo allo stomaco che non assomigliava alla fame. Così ogni sera, quando il sole cominciava a calare, sapevo dove sarei tornato: al bar, davanti al mio gioco preferito, con la speranza di trovare Daniela.

I miei genitori, invece, si preparavano per le serate di ballo nella pista del ristorante Olivella, nota meta del bel vivere sebino nei primi anni Ottanta. Mio padre indossava la camicia azzurra, quella che teneva apposta per le occasioni speciali, mentre mia madre si passava un rossetto rosso acceso sulle labbra. «Divertitevi, ma non fate tardi» dicevo loro, mentre sorridevo all'idea di avere un'altra serata tutta per me.

Una sera, mentre stavo giocando, sentii Daniela arrivare come al solito alle mie spalle. Non disse nulla, si limitò a guardare mentre guidavo la rana verso il terzo livello. Mi girai e le sorrisi.

«Stasera sono in forma» dissi.

«Vediamo se riesci ad arrivare al quarto» rispose lei avvicinando la guancia alla mia. Il suo profumo era una miscela di sole e bagnoschiuma e averla accanto mi fece tremare le mani. Cercai di concentrarmi sul gioco, ma era impossibile. Sentivo ogni suo movimento, ogni sussurro, come un piccolo terremoto.

Rideva per ogni mio errore e al suono della sua voce, il mio viso si accendeva. Mi chiedevo se notasse quanto mi importava di lei.

Quando mi sfiorò la mano per attirare la mia attenzione, il mondo sembrò rallentare e andare sotto sopra. Era tutto così nuovo, confuso e incredibile. Mi sembrava che anche il lago, il campeggio, tutto, ruotasse intorno a quel gioco e a lei.

Mi convinsi che quell'estate fosse speciale, che tutto avesse un significato. Ma, un pomeriggio, tornando verso la mia tenda dopo un tuffo con gli amici, la vidi: Daniela era lì, accanto a un ragazzo più grande. Non era uno qualunque, era alto, abbronzato, aveva un ciuffo ribelle e l'aria sicura. Ridevano e io sentivo le risate di lei come un pugnale. Poi, senza pensarci troppo, le si avvicinò. La prese per un braccio e la baciò. Un bacio semplice, quasi distratto, ma sufficiente a fermarmi il respiro e a farmi capire che ero arrivato tardi. Lei sembrò accettare volentieri quel bacio, che contraccambiò per istanti che mi parvero interminabili. A me non era ancora capitato, di baciare, intendo. Lo avevo visto in TV e immaginato tante volte. Mi sentii tradito.

Rimasi fermo, nascosto dietro un pino, con il nodo alla gola. Un misto di sgomento e delusione mi bruciava dentro. Come aveva potuto? Ero io quello che le faceva compagnia ogni sera, che la faceva ridere, che cercava di impressionarla. Sentivo il sangue pulsarmi nelle tempie e gli occhi pizzicare, ma non volevo piangere. Non per lei.

Corsi via, lasciandomi alle spalle quella scena. Tornai alla mia roulotte, sbattendo la porta. Mia madre mi chiamò dalla veranda: «Luca, tutto bene?»

«Sì!» gridai, senza fermarmi. Mi buttai sulla brandina e affondai il viso nel cuscino, ma non era sufficiente. Mi sentivo privato di un sogno, di un'esperienza che, credevo, mi sarebbe toccata in sorte quell'estate.

«Stupida. Stupida e falsa» ringhiai tra i denti. Non era giusto. Avevo creduto che fossimo amici o forse qualcosa di più. Ma per lei non ero nulla. Nulla. Presi il cuscino e lo scagliai contro la parete. «Me l'aveva detto la mamma di non fidarmi delle milanesi in vacanza.»

Quella notte non riuscii a dormire. Continuavo a vederla. I capelli umidi sulle spalle e quell'aria indecifrabile. Ogni volta che chiudevo gli occhi, un calore mi saliva dal petto al collo, qualcosa che il mio corpo capiva e io no. Mi girai e rigirai nel letto, ripensando a ogni parola, ogni sorriso che lei mi aveva fatto. E ora? Tutte bugie.

Il mattino seguente mi rifiutai di accompagnare mio padre a comprare il pane. Avevo paura che mi leggesse dentro e mi facesse domande. Io, invece, volevo restare solo, che nessuno mi ronzasse attorno. Al bar, accesi la macchina e iniziai a giocare. Questa volta, però, non lo facevo per lei o per impressionare qualcuno. Lo facevo per me. Ogni tronco saltato, ogni strada attraversata, era un modo per sfogare la rabbia e ritrovare un po' di controllo. Superai il primo schermo, poi il secondo. Quando arrivai al quarto, sentii una voce alle mie spalle.

«Sei migliorato, sai?» Era lei. La mia Daniela.

Mi girai e per un istante la rabbia tornò. «Sono solo fortunato.»

Lei sorrise, come se nulla fosse. Come se non avesse giocato anche con me. Non sembrava nemmeno rendersi conto di quello che avevo visto, di quanto mi avesse ferito. Per lei era solo un'altra giornata al campeggio.

«Posso fare una partita?» mi chiese.

La guardai per un momento, incerto. Poi mi feci un po' da parte e le lasciai il posto. «Fai pure.»

Mentre la rana sullo schermo cominciava a saltare, io sentii il sole caldo entrare dalla finestra del bar. Guardai le mani di lei muoversi rapide sui comandi, il sorriso teso e appena accennato sulle labbra. In fondo, era ancora la stessa Daniela che mi aveva fatto ridere e battere il cuore. Forse non era davvero *game over*.

Ripenso spesso a quel momento della mia vita quando l'estate entrò per la prima volta dentro di me, carica di aspettative, anche se non andò esattamente come me l'ero immaginata.

Quel mattino lontano, la luce del sole si rifletteva sullo schermo, come piccoli bagliori di una storia che non aveva bisogno di un finale perfetto. Ricordo di aver guardato quella ragazza e di aver deciso che avrei vissuto ogni momento della mia vita con piena consapevolezza, come faceva la rana nel gioco: un salto alla volta, anche se ogni tanto c'era un tronco difficile da superare.

Compresi che crescere non significava smettere di sentire il cuore battere forte, ma imparare a dare un senso a quei battiti, a ciascuno di essi. Come piccoli miracoli quotidiani.

Tra mare e silenzio

Giò aveva scelto Formentera per allontanarsi da tutto in un momento in cui non era alla ricerca di spiagge affollate o locali rumorosi quanto, piuttosto, di solitudine e del silenzio che l'isola ancora sapeva offrire. Aveva lineamenti delicati, capelli castani sempre un po' disordinati e occhi grigi che riflettevano un miscuglio di malinconia e curiosità. Il suo corpo snello e fragile raccontava una storia di insicurezze e battaglie interiori.

Si trovava in vacanza, fuggito dal lavoro e da troppe scelte sbagliate che l'avevano consumato, come la relazione con una persona che non l'aveva mai davvero capito. Formentera rappresentava la sua pausa, l'occasione per ritrovare se stesso.

Un pomeriggio, con il sole alto nel cielo, Giò decise di percorrere un sentiero che si inerpicava tra le colline poco distanti dalla costa. Camminava lentamente, respirando l'aroma pungente dei pini marittimi e lasciandosi accarezzare dalla brezza salata. Le rocce rosate che emergevano dalla terra sembravano scolpite dal tempo e il frinire delle cicale riempiva l'aria. Il mare, in lontananza, brillava sotto il sole cocente: una distesa infinita che sembrava fondersi con il cielo. Era l'isola stessa che gli stava offrendo un riparo sicuro dalla sua inquietudine.

Dopo un'ora di cammino, raggiunse una radura nascosta. Al centro, una piccola casa di pietra si stagliava come un antico rifugio, un segreto ben custodito. Lo colpirono le pareti che erano di un giallo intenso che contrastava con il verde circostante e il suono ritmico del legno che veniva lavorato attirò la sua attenzione. Si avvicinò, curioso, e vide un uomo seduto su uno sgabello, intento a scolpire un blocco di legno.

La sua figura era imponente: spalle larghe, braccia tatuate e mani grandi che si muovevano con precisione. Giò si avvicinò, cercando di non fare rumore e lo osservò. La barba incolta incorniciava un viso segnato dal sole e dal vento. Quando si accorse di lui, l'uomo alzò lo sguardo, mostrando occhi verdi e profondi come il mare che circondava l'isola.

«Posso aiutarti?» chiese Giò, rompendo il silenzio.

L'uomo sembrò sorpreso, ma non infastidito. «Mi chiamo Mark» disse, asciugandosi il sudore dalla fronte con un gesto rapido. «Non credo che questo sia il tipo di lavoro in cui serve un aiuto.»

Giò sorrise imbarazzato, ma invece di andarsene rimase lì, a guardarlo. C'era qualcosa in quell'uomo, nella sua presenza sicura, che lo affascinava. Le sue mani sembravano danzare sul legno e ogni colpo di scalpello rivelava qualcosa di nuovo, un dettaglio che prima non esisteva. «Che cosa stai scolpendo?» domandò Giò, cercando di rompere il silenzio che minacciava di farsi troppo pesante.

«Un'idea» rispose Mark, enigmatico. «Non so mai cosa uscirà fuori fino alla fine. È il legno a decidere.»

Nei giorni successivi Giò tornò più volte alla radura. I due non parlavano molto, ma la connessione tra loro cresceva. Giò osservava, seduto su una roccia vicina, mentre l'uomo lavorava, perso nei suoi pensieri.

Quello sconosciuto gli trasmetteva una calma che non aveva mai sperimentato.

Poteva capitare che gruppetti di turisti raggiungessero il piccolo laboratorio, alla ricerca di un ricordo dell'isola da portare con sé alla fine della vacanza. In una di quelle occasioni, Giò si ritrovò a fare quasi da padrone di casa, riuscendo a convincere un turista tedesco ad acquistare una scultura a un prezzo decisamente alto.

«Oggi ho guadagnato molto più di quanto di solito io riesca a racimolare in una settimana» disse Mark divertito.

Le visite al laboratorio si fecero più frequenti e la fiducia fra i due crebbe. Giò gli parlò della sua vita a Parigi, del caos, delle aspettative e di quel senso di inadeguatezza che lo perseguitava. Gli raccontò dell'uomo che aveva amato e di come tutto fosse loro sfuggito dalle mani. Del suo bisogno di prendersi una pausa per poi ricominciare in modo diverso.

Mark ascoltava in silenzio quelle parole che si confondevano con il rumore del vento e spesso ripeteva: «Io sto bene qui, dove arriva solamente il suono del mare.»

Un pomeriggio, mentre il sole calava tingendo tutto di arancione, Mark fissò Giò con uno sguardo che sembrò trapassarlo. «Vorrei scolpirti» disse.

Il ragazzo sentì un brivido, tra l'imbarazzo e il desiderio. Non si era mai considerato speciale o degno di attenzione.

«Non devi fare nulla» continuò Mark. «Solo lasciarti guardare.»

Dopo un attimo di esitazione, Giò annuì. Lentamente si tolse la camicia, rimanendo a torso nudo e mostrando il suo corpo magro e delicato. «Dove vuoi che mi metta?» chiese, cercando di mascherare il proprio nervosismo.

«Scegli tu un posto dove ti senti a tuo agio. Sei bellissimo comunque» disse Mark con un sorriso che lo fece arrossire. Il ragazzo si appoggiò al muro giallo del laboratorio, cercando una posizione comoda: le mani dietro alla schiena e il volto leggermente girato, lo sguardo verso il mare.

L'uomo si mise subito al lavoro. I suoi occhi correvano sul corpo di Giò come se già sapessero dove trovarne la bellezza, alla scoperta del segreto di una mappa. «Non ti muovere» gli disse in tono rassicurante. Allora lui si rilassò gradualmente, lasciandosi andare a quell'esperienza inaspettata.

Quando Mark si fermò, il legno aveva cominciato a prendere forma: curve morbide, incisioni che sembravano catturare la pelle e i muscoli, persino la luce che si rifletteva. Giò si avvicinò e rimase senza parole. Era lui, ma anche qualcosa di più. Un frammento del suo essere trasformato in materia. Di fronte a quel piccolo capolavoro, la tensione tra loro si fece palpabile.

«È incredibile quello che sei riuscito a fare in così poco tempo» disse a Mark, senza distogliere lo sguardo dal legno.

«C'è ancora molto da lavorare perché ti somigli almeno un po'» gli rispose quello, avvicinandosi e posandogli una mano sul fianco. Quando Giò si girò, Mark gli accarezzò il viso. «Sei bellissimo» mormorò ancora e lo baciò lentamente, con una dolcezza che sembrava voler scandire quegli attimi.

Si spostarono all'interno del laboratorio, attraversando un piccolo corridoio verso il retro adibito ad abitazione. Il letto di Mark altro non era che un piccolo e semplice giaciglio messo in un angolo della stanza. Il profumo di resina pervadeva l'ambiente e le cicale continuavano a cantare, riempiendo l'aria di una musica ipnotica.

L'uomo spogliò Giò con attenzione, esplorando ogni dettaglio del suo corpo. Le loro mani si incontrarono e ogni tocco, ogni carezza, era un dialogo silenzioso. Mark era delicato, ma deciso e il suo corpo forte avvolgeva quello di Giò in un abbraccio protettivo. Fecero l'amore come se tutto ciò che avevano trattenuto nei silenzi dei pomeriggi trascorsi insieme trovasse finalmente voce. Nei loro gesti non c'era fretta, solo un crescendo di passione che li unì come le onde che insieme si infrangono sulla riva. Trovarono il piacere, toccandolo con le mani e assaggiandolo con le loro bocche.

Rimasero poi distesi uno accanto all'altro, le dita intrecciate, il cuore che batteva all'unisono. Mark accarezzò i capelli di Giò, mentre quest'ultimo guardava oltre la piccola finestra. «A cosa pensi?» gli chiese, posizionandosi su un fianco per osservare meglio il suo giovane amante.

«Ripenso alla scultura che hai fatto di me.»

«Quando sarà finita, sono sicuro che la metterò fra le più belle e non la venderò mai.»

Il giorno seguente Giò lasciò Formentera. Il mare era

calmo e, dal traghetto, guardava l'isola allontanarsi all'orizzonte, come un corpo che si sfila da un abbraccio. Sentì dentro una malinconia dolce, densa, sensuale. Pensò a Mark, alla radura, alla scultura che era ormai quasi finita. Non un semplice ritratto, ma una traccia viva. Lì dentro c'erano il suo corpo offerto, il silenzio che li aveva uniti, il desiderio inchiodato al legno.

Non c'erano state promesse fra loro, e nemmeno un addio, ma entrambi sapevano che il tempo lento di quando Giò si era lasciato guardare e toccare, sarebbe rimasto scolpito in loro per sempre. E più ancora, in quel legno che ora sapeva chi era Giò.

Riviera

Chiudete gli occhi e immaginate per un attimo di trovarvi in Riviera. Non quella francese e nemmeno quella di Ponente nel suo famoso tratto della Riviera dei Fiori, piuttosto la Riviera Romagnola, novantuno chilometri di divertimento.

Luogo démodé e tuttavia sempre vivo e pulsante, memore di tempi andati e sopravvissuto alle mode che spostano i flussi del turismo come fossero borse della spesa.

Durante uno dei miei soggiorni mi venne proposto da alcuni amici di andare a ballare. Credo che si dica ancora così. *Andiamo a ballare?*

La Riviera di sera si accende e la gente si riversa sul lungomare e nelle zone pedonali dei moltissimi centri turistici, facendo vasche senza uno scopo preciso, con cani al guinzaglio, passeggini e bambini ovunque.

Ci sono però luoghi più nascosti, verso le periferie, dove sorgono discoteche o anche balere, più o meno grandi e capienti, spesso in riva al mare.

Quella sera accettai l'invito e, tirata come si conviene, presi il mio autobus e mi recai all'incontro con gli amici. In prossimità del locale mi giunse all'orecchio una musica di liscio, le cui note volteggiavano nell'aria che anche di sera, da quelle parti, sa di fritto.

Nonostante io e la mia compagnia fossimo convinti di essere ancora abbastanza giovani rispetto ai frequentatori di una balera, quella sera ci andava di trascorrerla all'insegna della vera tradizione. L'Orchestra Casadei è un'esperienza che almeno una volta si deve provare.

Varcata la soglia notai che, malgrado il mio pregiudizio, all'interno del locale c'erano persone di ogni età. Non mi soffermo a descrivervi la mise sfoggiata dagli habitué in quanto, se avete mai frequentato una balera in Riviera, riuscirete certamente a immaginare di cosa sto parlando.

Facevamo gli stronzi, lo ammetto, divertendoci a scimmiottare ballerini multicolore in abiti attillati, cosparsi di paillette. Dei grandi stronzi che si divertono alle spalle di persone così convinte del proprio sex appeal da tentare passi improbabili sulla pista dopo aver scelto con cura il partner. I tempi sono certamente cambiati e oramai il corteggiamento non è più a senso unico: lo stallone della Riviera deve vedersela con donne agguerrite, vestite di sfavillanti cotonature e con eyeliner marcatissimi sugli occhi.

Mi portai al bancone del bar per un mojito e nell'arco di pochi secondi fui avvicinata e corteggiata con la frase di rito: «Ciao, come sei carina. Non ti ho mai vista qui. Ti va di ballare?»

Tutto normale, se ti trovi dove quella è l'attività principale. «Grazie, ma non so ballare» la scusa funziona quasi sempre. Dopo aver sfoderato il migliore dei sorrisi che portano un invito ad andarsene, come fossero biglietti da visita, rivolsi la mia attenzione a un signore molto distinto e con un portamento giovanile, nonostante i suoi anni presunti.

Notai l'abbigliamento discreto e un paio di occhi scuri che, se ci avessero provato, avrebbero sedotto anche me.

Lo osservai muoversi con sicurezza fra i tavolini, tirandosi addosso gli sguardi di molte. Una signora in particolare, seduta e strizzata in un abitino rosa, allungò la mano afferrandogli il lembo della giacca. Lui si chinò sussurrandole qualcosa all'orecchio che suscitò risolini scomposti da parte di lei e delle amiche in sua compagnia.

L'uomo proseguì il giro al bordo della pista fino a raggiungere una donna che se ne stava in disparte, appoggiata alla colonna e intenta nell'atto di sorseggiare una bibita. Lo osservai avvicinarsi a lei e togliere il bicchiere dalle sue mani, appoggiandolo al tavolo vicino. Mi aspettai una reazione per un gesto così spudorato, invece accadde esattamente il contrario: lei sorrise e si lasciò condurre in pista. Rimasi affascinata dal potere seduttivo di quell'uomo che, senza sforzo alcuno era riuscito nell'intento di ammaliare la prescelta con naturalezza e senza inutili smancerie.

Li guardai muovere i primi passi di quella mazurca così sensuale in cui lei, da subito, si abbandonò, lasciandosi condurre come se si conoscessero da sempre.

Aspettai che il ballo terminasse e li vidi avvicinarsi al bar con le mani ancora intrecciate. Una sola persona mi divideva da loro così che, con un piccolo sforzo, riuscii a captare alcuni segnali della conversazione. Ascoltai i nomi e brandelli delle loro vite.

«Da quanto sei single?» chiedeva lui sporgendosi un po'.

«Ho un figlio, oramai adulto e sono nonna di una bellissima bambina» aggiungeva la donna con quella luce che ci illumina quando parliamo di loro anche se non ci viene chiesto nulla in proposito.

Lui si comportava da vero gentiluomo e con discrezione sembrava riuscire perfettamente nell'intento di tessere la sua tela di ragno incravattato. La donna si lasciava volentieri avvolgere nella trama dei complimenti e attenzioni che forse, pensai io, non era più abituata a ricevere.

Ecco, ci siamo, mi dissi nel momento in cui lei rise alla battuta che si scambiarono sottovoce e si lasciò condurre fuori dalla sala. *Chissà quando capiterà anche a me,* mi girò in testa. Presi il bicchiere quasi vuoto e raggiunsi nuovamente i miei amici al tavolo.

L'uomo appoggiò la tessera al sensore e la luce si fece verde. Aprì piano la porta e la stanza si illuminò. «È una bella camera» disse, abbastanza soddisfatto. «Non molto spaziosa, però mi sembra pulita.» Si tolse la giacca e l'appoggiò con cura alla seggiola accanto allo scrittoio. Poi aiutò lei a fare altrettanto.

«Ho bisogno del bagno qualche minuto.»

«Certo, lascia che io mi lavi le mani. Faccio in un attimo, così poi tu puoi fare con comodo.»

Si scambiarono frasi formali e di rito per cercare di stemperare la tensione.

L'uomo si sedette sul letto e controllò il cellulare per riempire l'attesa.

Quando la porta della stanza da bagno si aprì, lui vide una donna non più giovane, ma ancora molto attraente: indossava una sottoveste e si era sciolta i capelli chiari che appoggiavano sulle spalle. Le braccia, nonostante avessero perso la loro tonicità, erano sottili e piacevoli da guardare. Un piccolo tatuaggio spiccava vicino al polso destro. Lui desiderò leggerlo.

Appoggiò il telefono sul comodino, senza smettere mai di guardarla. Non si mosse e rimase seduto nella stessa posizione, in attesa.

«Sei agitata?»

«Solamente un po'. Ma se sono qui è perché lo voglio anche io.»

Lui si aprì nell'invito a sedersi sulle proprie ginocchia. La fece accomodare e cominciò a baciarla, assaporando le sue labbra che avevano un buonissimo odore. «Sai ancora del cocktail alla fragola che hai bevuto.»

Si azzardò a metterle una mano fra le cosce nude e lei lo lasciò fare. Sentì che la sua pelle era morbida e piacevole al tatto e la accarezzò lentamente, accendendo in lei il desiderio. Sapeva bene di non commettere l'errore di avere fretta perché non se lo poteva più permettere. La sua eccitazione non andava di pari passo con il meccanismo che per lui aveva sempre funzionato come un orologio. Lo stesso manifestava ora la necessità di essere ogni tanto regolato perché capitava che lo abbandonasse quando meglio avrebbe dovuto funzionare.

Lei comprese e ricambiò le carezze. Si accomodò in ginocchio sul letto, gli tolse la camicia e si tolse la sottoveste mostrando i seni per come erano, senza pudore alcuno. Lui continuò a trovarla bellissima ed ebbe la certezza che sarebbe arrivato fino in fondo perché quella donna aveva qualcosa di speciale.

Abbassò le luci e nella stanza scese una penombra calda e avvolgente. Nell'aria c'erano i loro profumi mescolati a formare una fragranza nuova. Si guardarono con la dolcezza dei loro anni e si dissero molte cose fra un bacio e un altro. Finalmente si sdraiarono uno accanto all'altra senza smettere di accarezzarsi e fecero l'amore nella maniera in cui sapevano farlo. Lo fecero bene e alla fine si addormentarono.

Quando il cellulare di lui squillò, la donna si svegliò di soprassalto e chiese che ore fossero.

«Perdonami per non aver tolto la suoneria. È mio figlio ed è strano, perché lui non mi chiama quasi mai.»

«Non preoccuparti e rispondi, che magari è successo qualcosa.»

L'uomo si sedette al bordo del letto, volgendo la schiena alla donna che lo osservava con preoccupazione.

«Ciao Marco, mi hai fatto spaventare.»

«Scusami papà. Era solo per chiedere se domani sera possiamo lasciarvi Anna per la notte. Abbiamo una cena e ci spiacerebbe dire di no.»

Lui abbassò volutamente il tono della voce perché non voleva rompere l'incanto di quel gioco a due così tanto voluto e non ancora terminato. Quel gioco che si erano inventati per aprire sipari su palcoscenici dove trovare l'attimo del desiderio che accende. «Certo, non credo che ci siano problemi.»

«In realtà ho provato a chiamare la mamma un paio di volte, ma non mi risponde. Vorrei parlare anche con lei.»

«Sai Marco che ha il vizio di dimenticarsi il telefono chissà dove. Ha la testa sempre altrove.»

L'uomo, a quel punto, comprese che la magia era svanita. Sorrise e si girò verso la donna che impaziente, aspettava alle sue spalle.

«La mamma è qui con me. Se vuoi, te la passo.»

«Grazie papà.»

A piedi scalzi

Francesca osservava le mani di Tita muoversi sicure mentre si accendeva una sigaretta e con abilità di giocoliere tirava una boccata di shisha. Sentiva l'acqua gorgogliare e vedeva il fumo uscire da quel naso perfettamente incastonato nel viso come fosse un prezioso diamante.

Sedevano allo stesso tavolo, una di fronte all'altra e tuttavia così lontane, due donne alle opposte estremità di un lungo ponte.

Da circa un'ora, Tita monopolizzava la conversazione accaparrandosi gli sguardi affascinati e vogliosi delle persone sedute al tavolo. Indossava un lungo caftano nero da cui sbirciava il giallo del reggiseno di un costume da bagno che a fatica conteneva due emisferi così perfetti da meritare un riconoscimento.

Francesca sapeva che nulla in quella donna era lasciato al caso, nemmeno la bionda coda di cavallo sapientemente tirata, così da alzare nei punti giusti la pelle attorno agli occhi. Provava inutilmente a distogliere lo sguardo da lei, distraendosi nell'atto di ammirare il cibo portato dal servizio di catering oppure chiedendosi da quale parte del mondo arrivassero i numerosi oggetti che arredavano la veranda di quella casa a picco sul cielo notturno di Nizza.

Si trovava in vacanza già da una settimana, ospite dei genitori di Edo. Né lei né tanto meno l'amico amavano particolarmente trascorrere il tempo in spiaggia:

preferivano piuttosto mantenere il colore della pelle chiaro, facendo shopping per moltissime ore al giorno. Francesca trovava splendida quella città multiculturale e multicolore, con le sue passeggiate pedonali all'interno della zona vecchia e le ampie piazze con giardini curati e fontane che offrivano refrigerio ai numerosi turisti e agli abitanti.

«Abbiamo un invito a cena per domani sera» le aveva detto Edo mentre si faceva passare le shopping bags per appoggiarle sulla sedia libera del tavolo del Topaze, dove avevano deciso di farsi un aperitivo.

Seduta sulla terrazza, Francesca guardò il mare che sembrava una tavolozza di colori preparata da un pittore sapiente che si accinge a dipingere il cielo. «Io non ci vengo, non sono dell'umore e poi non parlo francese.»

«Sono italiani, cretina. Sono figli di amici dei miei che hanno una casa sulle colline di Cimiez. Vedrai che non ti mangiano.»

«I tuoi amici se la tirano tutti.»

«Sarà. *Deux apéritifs sans alcool, s'il vous plaît.* In ogni caso ci vieni e punto.»

Edo era stato scaricato solo poche settimane prima dal suo ragazzo e Francesca aveva accettato volentieri l'invito a Nizza, sapendo che l'amico non costituiva un pericolo. Anche lei era stata scaricata recentemente ma, a differenza di Edo, non l'aveva presa affatto bene ed era caduta in una delle sue solite crisi in cui giurava che non avrebbe più voluto uomini fra i piedi.

«Gira i tacchi e torna in camera a cambiarti. Così alla

cena non ci vieni» le disse Edo quando lei si presentò nel salone dove l'amico scacciava l'attesa controllando il cellulare.

«Ti prego, lasciami in pace e non mettermi in difficoltà.» C'erano volute un paio d'ore e montagne di vestiti gettati sul letto prima di scegliere un pantalone chiaro e una maglietta polo.

Edo, con pazienza, l'aveva convinta a indossare un tubino nero e sandalo alto, obbligandola a camminare fermandosi a ogni passo per sistemarsi il vestito che non voleva saperne di rimanere alla lunghezza del ginocchio.

«Smettila di tirartelo giù e, comunque, lascia perdere perché tanto, con quella faccia, nessuno ti guarda.» Poi, l'aveva presa sottobraccio e introdotta ai suoi amici.

Fra le varie false smancerie e gli sguardi un po' storti dei presenti, Francesca aveva notato da subito quella donna più grande di loro che si muoveva con disinvoltura e sicurezza di sé. Il loro ospite l'aveva presentata come una dei vicini di casa con cui vivevano in una specie di comune dove tutto veniva condiviso: dai pasti alla cura reciproca dei cani. Francesca si chiese se condividessero anche il letto e le venne da ridere. Si ricompose quando si accorse che Edo la guardava con occhi di fuoco. «Comportati da persona normale, per una volta» le aveva sussurrato all'orecchio.

Seduta di fronte a Tita, Francesca non poté evitare di studiarne i particolari, dal viso che aveva qualcosa di surreale per quanto perfetto, all'abbigliamento apparentemente semplice ma sicuramente costoso e ricercato. L'ascoltò affascinata, mentre parlava di viaggi lontani, case di proprietà, ex mariti sempre innamorati e amanti esotici, trovandola teatrale e magnetica allo stesso tempo. Venne a conoscenza di storie con protagonisti un magnate russo che, invaghito follemente di lei, l'aveva inseguita fino in India, rintracciandola attraverso le ambasciate; oppure un amante Panamense nella cui casa dorata, fra l'oceano e le piantagioni di caffè, Tita aveva vissuto per due anni.

«E tu, cara? Da dove arrivi?» La domanda giunse a Francesca inaspettata e un calore improvviso le salì dal petto fino alle guance.

«In realtà non ho molto da raccontare» balbettò a stento, sentendosi gli sguardi di tutti i presenti puntati addosso. Le vennero in mente i trenta chilometri che la separavano dal suo posto di lavoro e che lei percorreva ogni santo giorno, avanti e indietro. Ripensò anche al letto a una piazza nella cameretta a casa dei suoi, oppure ai viaggi compiuti in gita scolastica, come quell'unica volta che era stata a Venezia, e non trovò nulla di sé che valesse la pena di essere raccontato. Così, cadde nello sconforto.

«Francesca è la mia amica di sempre e io l'adoro.» Edo le venne in aiuto alzando il calice nell'invito al brindisi e lei per un attimo gli fu infinitamente grata.

«Lasciamo che sia lei a parlare.» La sfida arrivò pungente dalla tipa che le stava seduta accanto e che la teneva d'occhio da quando le avevano presentate.

Adesso me la devo giocare pensò Francesca quando le venne una voglia tremenda di fuggire. «Scusatemi, devo andare in bagno.» Al tavolo calò un silenzio improvviso. Francesca scostò senza grazia la sedia e si alzò. Non guardò Edo, ma ne avvertì l'immobilità e l'imbarazzo. Fece pochi passi verso l'interno della casa quando, alle sue spalle, percepì un movimento e poi una voce che fermava un gesto: «Vado io, lasciami fare.»

Tita si alzò, spargendo la fragranza del suo profumo che per un attimo coprì quello del cibo, come un velo disteso sulla sabbia. Entrò in casa e cominciò a chiamare Francesca con la sua voce vellutata e l'accento francese appoggiato delicatamente sull'ultima vocale. La trovò in una delle camere da letto, seduta in un angolo, mentre piangeva.

Si sedette accanto a lei e le sfilò i sandali. «Questi non ti servono per essere bellissima, toglili.»

Francesca alzò lo sguardo verso quella donna che le sorrideva.

«Vorrei baciarti, posso?» Tita non le lasciò il tempo di pensare: si avvicinò e le prese delicatamente il viso fra le mani. Appoggiò le sue labbra su quelle di Francesca, prima sfiorandole in attesa di una reazione di rifiuto e, finalmente, riuscendo a schiuderle per regalarle ciò in cui era brava. Francesca si abbandonò in un abbraccio che profumava di felicità e si prese quello che sapeva di meritare.

Rimasero unite per una manciata di secondi che a Francesca parvero ore. Senza quasi rendersene conto, prese una mano della donna e se la mise sul seno, sentendo l'eccitazione salire dal ventre. Attese, nella speranza di un'iniziativa che però non arrivò. Tita si scostò appena da lei e la osservò a lungo. «Sei uno dei miei baci migliori» le sussurrò. «Adesso usciamo insieme da questa stanza e freghiamocene di quelli là fuori. Non valgono neanche la metà di te.»

Le prese la mano e l'aiutò ad alzarsi. «I sandali lasciali qui, vicino alle mie babouches, si faranno compagnia. Molto meglio con i piedi scalzi.»

Le sistemò il vestito, aggiustandolo un po' sopra la coscia. «Hai delle gambe splendide, facciamole vedere.» Francesca si lasciò fare tutto e poi si afferrò forte al suo braccio.

«Sì. Facciamole vedere» rispose, mentre pensava a quanto sarebbe stato molto più semplice intraprendere il nuovo viaggio senza scarpe scomode ai piedi.

Le sue labbra

Il treno correva veloce da Roma a Milano, sulla ferrovia liscia e senza intoppi. Il paesaggio schizzava come fotogrammi impazziti che gli occhi non riuscivano a catturare. Era la prima volta che viaggiava su un Frecciarossa.

Di fronte a lui, una coppia: i corpi appena ruotati l'uno verso l'altro, ginocchio contro ginocchio, e le bocche così vicine da non poter distinguere le parole sussurrate dai baci scambiati.

Il quarto sedile, occupato da un uomo sulla trentina, immerso nel libro che aveva fra le mani.

Leo si sentiva soffocare: troppo strette le sedute per contenere tutti i suoi pensieri e decisamente ingombranti i compagni di viaggio. Non sapeva dove posare gli occhi. Di fronte, verso la coppia, o sul libro accanto? Fuori tutto scorreva così veloce da non riuscire a coglierne il senso e dentro lo disturbavano le carezze scambiate così impunemente fra i due.

Decise allora di alzarsi e cambiare posto. Si scusò e chiese un po' di agio per potersi sfilare fra il tavolino e il sedile. L'uomo accanto distolse appena lo sguardo dal libro e piegò il ginocchio a lato. La coppia nemmeno lo notò.

Cercò qualcuno del personale spiegando la situazione. Fu fortunato e gli venne assegnato un altro posto, più appartato. Si accomodò, chiuse gli occhi e cercò di riposare.

Non ci riuscì, perché pensò a lei. Prese il cellulare e

cercò il suo volto. Le aveva rubato qualche fotografia dal suo stato di WhatsApp e dai social. In realtà, aveva l'impressione che si trattasse ogni volta di una donna diversa e non riusciva a farsi bene l'idea di come fosse realmente il suo viso.

Si parlavano da settimane o si scrivevano quasi ogni giorno. Eppure, non avevano mai azzardato nemmeno l'ipotesi di una video chiamata.

Leo aveva l'impressione che a lei non importasse. Non gli aveva mai chiesto nulla del suo aspetto fisico. Era stato piuttosto lui ad azzardare ogni tanto, dandole qualche spunto nella speranza che lei volesse indagare. Ma non era successo. Sembrava sempre così felice di sentirlo, come se si svegliasse aspettando un suo cenno. Le era piaciuto da subito e non glielo aveva mai nascosto, a volte arrivando persino a metterlo in imbarazzo. Lui l'aveva corteggiata a distanza e finalmente si era deciso a fare il passo. «Ti vengo a trovare. Quando vuoi e dove vuoi» le aveva detto.

Guardò l'orologio e si accorse che il tempo era trascorso più velocemente di quanto avrebbe voluto.

Si era fatto una sorta di tabella di marcia che prevedeva, a un certo punto del tragitto, la tappa in bagno per darsi una sistemata ed eventualmente cambiarsi la maglietta.

«Ti chiamo quando manca un'ora, ok?»

«Mi sembra perfetto. Se vuoi, possiamo incontrarci in Centrale, in Piazza Duca d'Aosta che sta proprio davanti. C'è un giardinetto. Mi troverai lì.»

«Spero di riconoscerti» aveva scherzato lui, ridendo.

«Le parole sono come gli occhi, vedono tutto.»

Si immerse nuovamente nei suoi pensieri. *Avrò il coraggio di baciarla?* La coppia incontrata sul treno lo faceva come se fosse la cosa più naturale al mondo e lui lo desiderava così tanto e dal momento in cui avevano progettato l'incontro. Qualche giorno prima si era ritrovato a ingrandire una delle fotografie che aveva salvato, fino a inquadrare solamente le labbra di lei che gli erano parse bellissime. Aveva avvicinato la bocca allo schermo e le aveva toccate, immaginando il loro sapore. Si era sentito un ragazzino e aveva riso di sé.

Aprì la rubrica e cliccò ancora sul suo nome.

«Ciao Noemi.»

«Dove sei adesso?»

«Non so dirti esattamente dove, ma pare che siamo in perfetto orario. Ci vediamo fra un'oretta, finalmente.»

«Lo sai che sono emozionata?» Leo pensò che la sua sincerità fosse disarmante e che in lei ci fosse qualcosa di infantile.

«Sei già partita?»

«Sono qui da un po'. Mi andava una passeggiata. Ti aspetto dove ci siamo detti. Fatti sentire.»

«Ti faccio uno squillo quando scendo dal treno.»

«Ok, a dopo. Non vedo l'ora.»

Il cuore di Leo sembrava scoppiare e la voce tremava. Ebbe paura che lei se ne fosse accorta. Fra i due lui era quello che aveva fatto la parte del duro. La metteva spesso alla prova e se la prendeva per ogni sciocca incomprensione. Chiudeva spesso malamente le loro conversazioni e poi rimaneva in attesa che Noemi tornasse, sempre. La più accomodante era certamente lei. *Ho un debito morale con te*, le aveva detto.

Ora, i ruoli erano ribaltati e chi pareva in maggiore difficoltà era Leo. Noemi sembrava solamente desiderosa e ansiosa di conoscerlo.

Sistemò le sue cose nello zaino, in maniera meticolosa e occupando tutti gli spazi. Appoggiò la testa al sedile e cercò di rilassarsi. Il pensiero tornò nuovamente alle sue labbra e l'aspettativa gli produsse un senso di panico.

Il treno terminò puntuale la sua corsa e Leo rimase qualche istante seduto prendendosi il tempo necessario per calmare il suo cuore impazzito.

Quando scese dal treno, si soffermò ad ammirare l'interno dell'edificio. Alzò lo sguardo verso la volta trasparente e notò un piccione fra i sostegni in acciaio, nel tentativo di spiccare il volo oltre il vetro e verso l'azzurro del cielo.

«Sono arrivato.»

«Allora accelera il passo che io sono qui fuori e ti sto aspettando.»

Leo, anziché fare come Noemi gli chiedeva, rallentò e si lasciò oltrepassare dalle persone. Qualcuno lo spintonava e altri, impazienti alle sue spalle, attendevano che si aprisse un varco per proseguire. Rallentò ancora e si fermò un paio di volte per riprendere fiato.

Era una splendida giornata di marzo e quando riaffiorò dall'edificio, la luce del sole lo costrinse a chiudere gli occhi per un attimo. Si calò dalla testa gli occhiali da sole e scelse un angolo protetto del porticato, appoggiandosi al possente muro di marmo. Lì, aspettò.

Si guardò attorno a lungo e, quando la trovò con gli occhi, vide che non era come l'aveva immaginata. Non somigliava più a una foto rubata e non era nemmeno più o meno bella. Era semplicemente lei, come doveva essere. Soprattutto, era confusa. Lo cercava fra i molti che le passavano accanto e non si fermavano. Noemi sapeva così poco del suo aspetto che lui si sentì al sicuro. Al sicuro dalla sua paura.

La osservò a lungo e ne imparò il colore dei capelli, immaginandone la consistenza al tocco. Notò che la sua figura era snella e che vestiva in maniera semplice: un paio di sneakers ai piedi, comode per camminare. Non certo la scarpa alta che lui sognava di vederle indosso.

La osservò prendere il telefono e chiamarlo e ne comprese lo smarrimento. Si assicurò di aver tolto il volume alla suoneria e finalmente si riconobbe fragile. La desiderò con maggiore forza, ma non fu capace di allungare la mano e afferrarla.

Fino a quando lei si sedette sul muretto di uno dei giardinetti, sul punto d'angolo e con le spalle rivolte alla stazione. Lui si mosse, sentendosi protetto dal suo volto anonimo. Si sedette anche lui, dalla parte d'angolo opposta e aspettò. La sentì cercare qualcosa nella borsa e scartare una caramella e credette di percepire il calore del suo corpo e il profumo che emanava; non erano mai stati l'uno vicino all'altra.

Si girò piano cercando di indovinare la linea del suo collo, come a percorrerla con un dito. Attese qualche istante fino a quando sentì che si alzava, allora la lasciò andare via rimanendo seduto per un lungo tratto ancora.

Poi, finalmente rispose al telefono.

«Ciao.»

Non servivano parole perché entrambi sapevano già cosa sarebbe successo.

Ci sono attese che restano sulla pelle come un tocco rimandato, con il peso lieve di una mano che non ha osato scendere.

In quella sospensione, il desiderio si addensa.

Secondo Intermezzo

Ada si alzò lentamente, facendo attenzione a non fare rumore. Non avrebbe mai lasciato quel letto caldo e accogliente se non fosse stato per quell'incontro fissato un paio di settimane prima e che non poteva rimandare.

Si fermò un istante a osservare la schiena di Nicolas che aveva un particolare colore ambrato. Vide i segni dei morsi che gli aveva lasciato la notte prima e un sorriso le scivolò sulle labbra. Accanto a lui, Lucas dormiva con una mano appoggiata sulla guancia, con l'aria di un bambino sognante.

Le sensazioni della notte vibravano ancora nella sua pancia, mentre le immagini riaffioravano come i fotogrammi di un film.

La prima volta lo aveva fatto per gioco, al culmine di una serata di alcol, musica ed eccitazione crescente. Si era portata a casa quei due sconosciuti senza nemmeno ricordarsi i loro nomi e al mattino si era svegliata incredula di trovarli lì, ancora avvolti tra le lenzuola e accanto a lei.

Da allora, e ogni notte, il suo letto era affollato e sempre in disordine. Le piaceva naturalmente, anche se queste distrazioni iniziavano a farle perdere di vista i suoi obiettivi. In particolare, quella mattina doveva restare concentrata e dare priorità al lavoro.

«Forza, alzatevi e toglietevi dai piedi» disse, scostando le lenzuola. Non fece in tempo ad allontanarsi che una mano l'afferrò. «Lasciami Nic, sono in ritardo.»

«Caspita, profumi tantissimo. Fammi sentire meglio» rispose lui attirandola a sé con più forza e cominciando a baciarla, mentre lei cercava di liberarsi da quella presa.

«Finitela di fare casino» borbottò Lucas, girandosi dall'altra parte. «Stavolta non contate su di me.»

Ada sapeva di essere in ritardo e non voleva sentire un'altra ramanzina. Una settimana prima una distrazione simile era quasi costata un cliente allo studio e aveva bisogno di mantenere la concentrazione almeno per qualche giorno.

«Questa volta no» si liberò dalla presa con uno strattone. «Alzatevi e ripulite questo schifo. Non voglio trovarvi qui quando torno.»

«Ti piacerebbe?» Nicolas le sorrise invitante, da sotto le lenzuola, appoggiato alla testata del letto.

«Vado.» Ada uscì di corsa, sbattendosi la porta alle spalle.

Si immerse nel flusso dei passanti e scese veloce le scale della metropolitana. L'odore della stazione la colpì in viso, riportandole alla mente il ricordo della sua prima volta in quella città, anni prima: aveva sedici anni e non si era mai spinta oltre gli ottanta chilometri che la separavano da Milano. Non aveva mai preso un aereo e nemmeno esplorato una città così grande. Sbarcata a Luton, si era sentita incredibilmente affascinata, più che spaventata. Aveva seguito meticolosamente le indicazioni che le erano state fornite per raggiungere il treno che l'avrebbe condotta al college estivo nel quartiere di Hampstead. Ricordò i caldi pomeriggi trascorsi con la migliore amica alla ricerca di Boy George che si diceva abitasse in quella zona.

Il ricordo si dissolse di colpo quando qualcuno la urtò con uno scossone che la riportò bruscamente alla realtà: *sono tremendamente in ritardo, di nuovo.*

La giornata trascorse tra impegni lavorativi e il brusio costante delle persone che le ronzavano attorno. La macchinetta del caffè era sempre affollata.

«Allora, come vanno le cose con i tuoi universitari? Hai finito di spassartela?»

«Abbassa la voce, per favore.» Ada si era pentita mille volte di aver raccontato tutto a Meredith, la sua collega e vicina di scrivania. Ma con lei era praticamente impossibile mantenere un segreto.

«Tanto ormai in ufficio lo sanno tutti. E comunque, quelle occhiaie non ti si levano più dalla faccia.» Meredith prese il suo caffè e si incamminò lungo il corridoio.

«Beh, almeno è un buon modo per non dimenticarmi lo spagnolo mentre sono a Londra.» Ada si pentì di averlo detto ancora prima che le parole le uscissero di bocca e si mangiò la lingua.

«Sei proprio una cretina.» Meredith si voltò e scoppiò a ridere. «Stasera vengo da te così studiamo insieme.» Con un sorriso sornione sparì oltre la porta dell'ufficio.

Ada rimase un attimo in piedi, osservando dalla finestra il cielo sorprendentemente sgombro di smog e finalmente azzurro. Le cime appuntite dei grattacieli scintillavano, mentre sullo sfondo svettava la ruota panoramica. Per un istante sognò di volare via, come Peter Pan.

Quando quella sera infilò la chiave nella toppa della porta di casa, non era sicura di cosa volesse trovare. Da un lato desiderava pace e silenzio, dall'altro sperava di ritrovarsi quei due attorno: rumorosi, disordinati e tremendamente eccitanti.

La accolse il silenzio e decise di approfittare di quel momento per godersi la casa tutta per sé. Aprì le finestre e sistemò la camera da letto che, come al solito, era un disastro. Accese l'incenso scegliendo accuratamente la profumazione e, infine, si infilò nella vasca, lasciando che l'acqua calda la avvolgesse completamente.

Lucas la sorprese mentre, dopo il bagno, si massaggiava lentamente le lunghe gambe. Ada si era finalmente rilassata, dimenticandosi di tutto il resto e non si accorse del suo arrivo. Aveva un piede appoggiato al bordo della vasca e la schiena rivolta verso la porta. Indossava solamente il reggiseno.

Con gesti lenti, faceva scivolare le mani dalle natiche fino al ginocchio, esercitando piccole pressioni circolari che le procuravano un piacere lieve e continuo.

Lui si fermò sulla soglia, cercando di non fare rumore. Ada colse la sua presenza nello specchio, immobile, lo sguardo incollato al suo corpo. Poteva quasi sentirlo mentre seguiva con gli occhi la curva del collo, la linea della schiena e dei glutei, indugiando nella piega più nascosta, quella dove gli piaceva passare la lingua.

Le sembrò evidente il desiderio trattenuto nelle sue mani ferme, pronte a toccarla, a sentire la tensione viva dei suoi muscoli. E tuttavia Lucas non si mosse, mentre lei continuava a massaggiarsi.

Vide la sua eccitazione montargli fra le gambe e la mano che scivolava ai jeans, strofinandosi con un gesto lento contro la tela grezza. Quel movimento bastò a farle voltare appena il viso, abbastanza da incrociare gli occhi di lui. Non servivano parole perché entrambi sapevano già cosa sarebbe successo.

Gli si avvicinò, prendendolo per mano e, invece di condurlo verso il letto, scelse il pavimento freddo del bagno.

Lucas si lasciò guidare, sdraiandosi, mentre lei si sistemava sopra di lui, sfiorandolo con il suo sesso teso contro il tessuto dei pantaloni. Quando lui le slacciò il reggiseno e le afferrò i capezzoli con forza, Ada si abbandonò al piacere del suo primo orgasmo.

Poi la afferrò per i fianchi e la girò, facendole appoggiare le mani contro il bordo della vasca. Ada sentì il rumore dei jeans che lui si slacciava e il tessuto che scivolava appena sui fianchi. Ebbe un sussulto quando la penetrò, prima lento, e poi con colpi più decisi. «Non duro molto» le sussurrò all'orecchio.

«Sdraiati sopra la mia schiena e mordimi» gli rispose Ada.

«Sto per venire, girati.» Il tono di Lucas era deciso e lei si voltò, obbediente. Sentì la presa delle sue mani tra i capelli, mentre le si aggrappava con forza.

Poi rimase in silenzio per un attimo, aspettando pazientemente. Quando Lucas si sollevò, lei aprì l'acqua della doccia. «Stasera cucino io per tutti» disse con un sorriso soddisfatto.

Nicolas rientrò poco dopo e Ada lo vide fermarsi sulla soglia della cucina. Il suo sguardo rapido su di lei e sul corridoio bastò a farle capire che aveva intuito tutto. «Sul serio? Mi avete escluso dai giochi senza nemmeno aspettarmi?»

Lei si asciugò le mani e finse serietà. «Non fare il bambino e non mettermi il broncio. Vai a farti una doccia, magari Lucas ti risolleva il morale.»

«Dov'è lui, comunque?» domandò Nicolas guardandosi intorno.

«Dove vuoi che sia? Ti aspetta in bagno.»

Lui la fissò, con un sorriso che si allargava lento. «E tu? Non vieni?»

«No. Questa volta no. Stasera cucino» gli rispose.

Lo vide mentre la osservava, scuotendo appena la testa con un mezzo sorriso. Poi le girò le spalle e si diresse in bagno.

Dal fondo del corridoio, la musica di Alexa risuonava alta, soffocando ogni altro suono, ma Ada non si preoccupò di controllare perché non le importava cosa stesse accadendo nell'intimità di quelle pareti. La sua attenzione era tutta concentrata su un altro dettaglio: la cena. Tutto doveva essere perfetto.

Sistemò il tavolo con cura meticolosa, scegliendo piatti e bicchieri con un'attenzione insolita e apparecchiando per quattro. Mise una singola rosa al centro in un vaso elegante e sottile, come fosse un piccolo indizio. Guardò l'orologio e sorrise tra sé. Sapeva bene di non essere fatta per la monotonia e quella sera la sua impazienza era come una scintilla pronta a divampare. Tra poco i ragazzi avrebbero scoperto che, oltre alla cena, li aspettavano un'alchimia di sguardi nuovi e una compagnia inattesa, pronta a trasformare la serata in un gioco di seduzione e complicità, dove ogni confine poteva essere superato. Perché Ada era fatta così: si annoiava in fretta e amava sorprendere.

Perché non scrivi di me?

Ti scelgo nei miei racconti, e scelgo di scrivere di te, come si sceglie una direzione.

Tutto il resto, lo lascio fuori, affidato allo spazio del sogno, dove il viaggio continua in altra forma.

E fra il vivere e l'immaginare corre una distanza lieve, che ho attraversato senza fare rumore.

Le stanze del cuore

Era inevitabile: l'odore delle mandorle amare gli ricordava sempre il destino degli amori contrastati.
(*L'amore ai tempi del colera*
di Gabriel García Márquez)

Stanze affollate e sporche, odore di muffa e di tappezzeria antica. Un posacenere lercio con dentro quello che resta dopo una scopata, una delle tue volte migliori, oppure fra le peggiori.

Il vizio del sesso che ti lega mani e piedi e non te ne liberi. Ogni notte alla ricerca di qualcosa di nuovo, dietro la scia delle luci dei molti locali che affollano la strada polverosa e rovente che si addormenta al riparo di un sole impietoso.

Il calare della sera che porta il sollievo dell'ombra. Il sudore appiccicoso che te lo senti addosso, sotto gli abiti pesanti che il tuo ruolo ti impone, nonostante la temperatura.

Il Giudice osserva l'usciere che chiude la porta del suo ufficio al primo piano del tribunale, saluta appena e si incammina verso casa all'ora in cui i vecchi già stanno seduti sui gradini della cucina per guardare coloro che si affrettano. Sfila con il capo chinato di fronte all'edicola della Virgen de Guadalupe, proprio lì, dove la nonna lo conduceva per pregare insieme, in ginocchio e con i sassi che facevano male.

Non osa voltare gli occhi, non lo vuole guardare

quel viso dall'incarnato bruno e le labbra carnose. Da sempre turbato per l'ardire del misero artista locale. *Come hai osato?* Non così si raffigura la Vergine.

Il suo arrivo viene annunciato presto e le porte aperte, la tavola pronta e nel piatto il pasto principale della giornata che lui consuma da solo e con calma, assaporando la tenerezza del pezzo di carne bollita.

Finalmente arriva il momento del bagno: la stanza accogliente in penombra, le mosche che rotolano impazzite, attirate dal vapore dell'acqua. Lui le ignora. Si siede sulla seggiola accanto alla *bañera* e si spoglia con calma, un indumento alla volta. Piega accuratamente i pantaloni, appoggia la giacca allo schienale e poi la camicia bianca, dopo aver tolto l'alone scuro del collo con una spugna umida.

Si scruta il sesso con orgoglio e lo tocca piano, stuzzicandosi e pregustando già il piacere. Lo solleva, poi lo pesa e lo misura con lo sguardo. Si immerge nell'acqua, scacciando le mosche e si gode finalmente il momento.

Il Giudice si diresse verso la strada trafficata quando si era già fatto molto tardi. Preferiva l'anonimato, per quanto possibile in quel groviglio di persone e animali. Camminava svelto con il copricapo calato sugli occhi. I molti soldi ben custoditi nella tasca della giacca leggera. Sulla soglia si tolse la polvere dalle scarpe usando il fazzoletto del taschino. Lo stavano aspettando, come ogni martedì.

«Cosa abbiamo di nuovo stasera?» chiese il Giudice alla donna seduta sullo sgabello con le gambe accavallate. Sbirciò avido fra quelle fessure e ne assaporò ogni grumo di grasso. Ne sentì il sapore acidulo sotto la lingua.

Lei, divertita e sorniona, aprì le cosce con un movimento lento. La pelle si dischiuse lasciando intravedere una cavità scura e oscena. Aspettò che lui guardasse e poi tornò a sistemarsi sullo sgabello.

«Sempre il meglio per te, *mi amor.*» Si sollevò la gonna sporgendosi in avanti.

Lui allungò la mano per infilarla fra i seni e lei glielo lasciò fare, socchiudendo gli occhi.

«La voglio giovane questa volta. Se mi rifili la solita roba, porto i miei soldi da un'altra parte.»

La donna sorrise ancora e gli mise la chiave sulla mano che lui aveva già preparato aperta.

Il Giudice salì le scale del vecchio edificio coloniale aggrappandosi alla ringhiera. Incrociò alcuni clienti come lui e salutò, abbassandosi la falda del cappello. Al primo piano, un uomo imprecava e litigava con la stoffa della patta dei pantaloni incastrata nel bottone, mentre una ragazzina troppo truccata si indaffarava cercando di sbrigarne la tela.

Li ignorò e percorse il corridoio, ascoltando il rumore dei suoi passi e il tintinnare della chiave fra le dita. Stanza numero cinque.

Aprì la porta, trovandosi di fronte una vecchia che gli sorrideva compiacente mostrando le gengive. Il trucco pesante formava un alone nero attorno agli occhi. Nonostante l'impatto con quella sgradevole figura, il Giudice notò il profumo delicato di cui la stanza era cosparsa che gli solleticò piacevolmente le narici.

La vecchia gli fece cenno di tacere, mostrandogli la splendida creatura che dormiva nel letto posto al centro della stanza.

«Si è addormentata, poverina, mentre ti aspettava. Non l'ho svegliata, così magari lo fai tu.» Cercò di toccargli un braccio, ma lui la scansò con ribrezzo. «Non toccarmi lurida e vai fuori. In fretta.» Lei non se lo fece ripetere e lasciò la stanza, chiudendosi la porta alle spalle.

Il Giudice si avvicinò al letto senza fare rumore e cominciò a osservare la donna di cui non riusciva a intravedere il viso, perché nascosto da lunghi capelli neri che scendevano spettinati sulle spalle e sul cuscino. Vide le sue natiche piene completamente esposte e la schiena ambrata, ricoperta da una leggera peluria che si arrampicava scura lungo la colonna vertebrale. Le si sedette accanto e la toccò piano. Il piacere passò dalle dita e raggiunse il sesso che si fece turgido a quel contatto. La toccò ancora e ne cercò il viso per perdersi negli occhi che dipinse di verde e per succhiare le sue labbra che immaginò dello stesso colore di un frutto maturo.

Si piegò su di lei, pronto a consumarla in fretta. Ma nell'istante in cui la donna si voltò, qualcosa dentro il Giudice si incrinò. L'immagine di quel volto gli si piantò nello stomaco come un coltello. Era lei, la Vergine del santuario, quella che la nonna gli faceva baciare in ginocchio. Ora giaceva su lenzuola sfatte.

Si sentì mancare e dovette aggrapparsi alla testata del letto. La rabbia montò, e divenne ira e sdegno. *Non si raffigura così la Vergine. Non con quella bocca.* Poi, una nausea improvvisa e l'erezione. Si strappò di dosso la giacca. Allentò la cintura. «Voglio solo te.» La voce rotta, dura.

Lei lo guardò. Sorrise. Le labbra appena socchiuse. Come un invito. Come una condanna.

Lui capì di essere stato riconosciuto e, travolto, perse ogni resistenza. Si spogliò con furia. Si gettò fra le sue gambe. Le baciò il ventre come fosse una reliquia e la adorò.

La prese. Ma non fu amore. Fu fame e preghiera in ginocchio.

Lei fu l'altare da cui il Giudice gridò in faccia al cielo i suoi peccati.

E quando finì era svuotato e le chiese perdono. La trovò fra le onde di quel mare in tempesta e non volle più lasciarla.

Adesso la casa del Giudice è aperta, riempita del rumore delle risate di una puttana. Così l'additano i servi quando lei volge loro le spalle. Così la chiamano le donne del mercato al suo passaggio.

A María de Los Milagros non importa. Si aggrappa sicura e fiera al braccio del suo Giudice e cammina con il mento in alto, perché conosce il suo potere. Si fa acconciare i capelli e indossa i gioielli scelti con cura da lui. Le perle della defunta madre attorno a un collo così sottile di come non se n'è mai visti nella regione.

A volte partono per mete che nessuno conosce. Tutti possono ammirare le valigie pronte di fronte all'ingresso della grande casa e le cappelliere di lei. La carrozza su cui gli amanti salgono e da cui salutano con la mano al passaggio.

«Mi sposerai un giorno?» le chiede il Giudice nel delirio dell'amore in cui lei lo trascina. Ma María de Los Milagros resta muta. Lei conosce bene i rischi del matrimonio perché sua madre, con gli occhi pesti e la schiena spezzata dalle botte, la metteva in guardia.

«Non farti mettere in una gabbia come un uccellino» le diceva. «Gioca fino a che si può, presenta il conto e poi vola via.»

María non lo sa se vorrà volare via. Per ora sceglie il gioco e resta in bilico come il funambolo del circo che sta nella grande piazza. Si diverte e se lo tiene stretto nelle mani, il suo Giudice. Ogni suo capriccio accontentato. «Cosa vuoi adesso?»

Manuel, storia del mio amante

Manuel è uno chef e lavora in un ristorante keto, a volte anche con turno doppio per dieci ore al giorno. Cucinare per lui è una passione e lo fa volentieri per i clienti e gli amici. Dopo la chiusura, con i suoi ragazzi mettono in tavola quello che rimane e lo annaffiano con birra e sigarette. Fra loro parlano di musica e di donne. Alcuni provengono da posti lontani, approdati alla metropoli in cerca di novità o semplicemente attratti dal suo fascino cosmopolita.

Ogni giorno percorre con la macchina i pochi chilometri che lo separano dal locale. Il mercoledì è di riposo; si sveglia un po' più tardi, due passi per casa, un mate caldo e poi ritorna a letto. Gli piace dormire. Nel pomeriggio sistema le sue cose e scende al mercato del quartiere per un po' di spesa.

Quando è particolarmente nostalgico ascolta musica della regione lontana dove la sua famiglia ancora vive. Qualche giorno fa mi ha mandato una vecchia fotografia che lo ritrae molto piccolo sulle gambe del famoso musicista, idolo nazionale. *Falleció en el '91 y yo nací en el '88.* Era amico di suo padre, mi spiega in una di quelle serate di solitudine in cui ha solamente bisogno di parlare.

Manuel suona la chitarra e quando lo fa si sente un dio, potente come gli idoli rock che padroneggiano sul suo profilo Instagram. Alcune foto lo ritraggono orgoglioso, mentre imbraccia lo strumento musicale. Lui dice che la chitarra è la sua più grande passione, dopo le donne, naturalmente. Quelle gli piacciono di quasi tutte le forme e colori. Sa amare in molti modi e ha imparato a farlo bene, anche quando è solo, seduto sul divano di casa sua. Le donne le incanta con parole che sono come i versi di una poesia quando escono dalla sua bocca pulita. Poi, lo decide lui quando e tu non te lo aspetti, quelle parole diventano un fuoco che brucia e ti accende e poi ti bagna. La bocca si sporca, perché Manuel le cose sa come dirle, e il sesso lo sa descrivere, così bene che te lo senti addosso anche se non ti tocca.

Vive a Buenos Aires, Capital, come gli piace specificare. Lui ama la sua città, soprattutto di notte, quando rientra a casa e lei si è vestita di mille luci di vetrine e lampioni che sembra quasi giorno. Vorrebbe andarsene incontro ai suoi sogni, ma la città gli sorride ammiccante e gli svela appena i grandi seni, come un'amante sirena dalle forme generose che lo tiene stretto fra le sue cosce umide.

Adesso è inverno e fa molto freddo. A volte, quando rientra dal lavoro, gli piace fare lunghi bagni caldi durante i quali si rilassa e pensa a me, la sua donna, così intensamente da immaginarmi lì, nella stessa acqua. Mi spoglia piano e mi prende delicatamente per la vita, poi mi solleva e mi adagia sopra di sé. *Ven arriba mío.*

Nel suo desiderio, il mio corpo è come un puzzle che lui deve giocare a ricomporre. Di me non ha altro che una promessa e stralci di immagini e brandelli di fotografie che guarda e tocca, che riesce quasi a sentire. Fino al punto in cui chiude gli occhi e lascia che a comandare sia la sua mano, prima piano e poi forte, fino alla fine. Nell'acqua dove tutto si mescola.

Allora sorride e appoggia la testa, poi si fuma l'immancabile sigaretta. La città resta in silenzio, chiusa fuori dalla finestra assieme alla pioggia.

Manuel ha una ragazza, *mi pareja,* come dice lui. Non convivono, ma ogni tanto stanno insieme e le cose funzionano bene fra loro, anche se a lui non basta. È romantico e vorrebbe fare con lei lunghe passeggiate in bicicletta, vorrebbe condividere i suoi desideri e guardare il cielo. Ma lei non è come me.

Manuel, invece, vorrebbe essere un condor e volare alto, spiegare le sue giovani ali e lasciare che sia il vento a trasportarlo, ovunque purché lontano. Vorrebbe inseguire l'opportunità che ancora aspetta, magari andarsene. Napoli, forse, oppure la Francia, pensa; perché no? Un ristorante alla moda nella capitale parigina, le donne più belle del mondo ai suoi piedi.

«Ciao, *mi amor,* sei lì?»

«Io sono sempre qui, quando vuoi.»

«Che facevi?»

«Scrivevo di te.»

«Come?»

«Scrivevo di un ragazzo che insegue una donna con gli occhi verdi che non si lascia guardare. Scrivevo di una donna che aspetta il suono di un cellulare per tornare a respirare.»

«Mi pensavi?»

«Ti penso sempre.»

«Cosa vorresti che ti facessi, adesso?»

«Tutto, Manu mio, tutto. Comincia a raccontare. Io ti ascolto.»

Poesía porteña – Escupiendo verdades

Contando las gotas que caen de la lluvia
Mirando el amor que nunca duda
Los niños me saludan y yo les sonrío
Al final todos mienten
Me fui
Puedo irme
Lo ves
No hay razón de estar así
Ella está
No estás
Odio lo que logré en esta vida
No tiene y no entiendo la salida
(Manuel)

Il cielo alla fine del viaggio

Viaggiava da sola e non era la prima volta.

Alcuni amici avevano provato a convincerla a non partire per la Cordigliera in condizioni precarie e senza una meta precisa, ma come al solito lei non aveva ascoltato. E non se ne sarebbe pentita neanche per un momento. Stava percorrendo la Ruta del Sol da Puno al Cuzco: ce l'aveva fatta.

Adesso sono qui, si disse orgogliosa.

Adesso sono qui.

La maggior parte dei passeggeri all'interno della corriera dormivano oppure sonnecchiavano mentre un bimbo, da qualche parte, piangeva a dirotto.

Faceva molto freddo e Maria lo sentì entrare dentro fino alle ossa malgrado fosse avvolta nella sua coperta di pile. I sedili del *bus cama* erano abbastanza comodi, ma non così tanto da permetterle di dormire a pancia in giù, la sua posizione preferita. Sapeva, quindi, che l'aspettava una lunga, difficile notte di veglia.

Si mosse per individuare il bambino che piangeva e lo trovò cinque sedili più avanti in braccio alla madre che cercava di allattarlo senza successo. I maldestri tentativi della donna non facevano che aumentare la frustrazione del bimbo e qualcuno, in fondo agli abissi della corriera, iniziò a lamentarsi con un certo animo.

Forse ha freddo anche lui, pensò Maria.

Sentì un bisogno urgente e allora estrasse dallo zaino un piccolo sacchetto di carta, praticamente vuoto. Si leccò il dito indice e ne raschiò il fondo, portandosi alla bocca quello che restava delle foglie di coca. «Sono a secco» si disse con una voce stanca e sognante. «Devo prenderne almeno un paio quando ci fermiamo.»

Le piaceva masticare la coca, a volte lo faceva per ore. Il forte sapore iniziale e la secchezza di alcune parti della foglia lasciavano spazio alla dolcezza di una consistenza che assomigliava molto a quella della mollica del pane. Con calma, faceva girare il composto nella bocca succhiandolo e, quando si stancava, lo posizionava fra la gengiva e la guancia, lasciando che rilasciasse lentamente le sue proprietà benefiche.

Forse è per questo che non riesco a dormire pensò Maria, sorridendo a se stessa mentre si rigirava nel suo letto di fortuna.

Nessuna luce fuori dal finestrino, tranne quella riflessa dalla luna. Maria canticchiò le parole della canzone che usciva dal mangiacassette sul cruscotto e cercò di rilassarsi, mentre il bus passava a filo di un dirupo, sfrecciando in maniera pericolosa.

Guardò l'orologio. Le 2.45.

Estrasse dallo zaino un quotidiano acquistato il giorno precedente a Puno. Con un movimento lento del braccio accese il punto luce e prestò attenzione a un reportage pubblicato all'interno che raccontava con particolari interessanti la storia del movimento che lei conosceva bene e che in Europa veniva definito troppo semplicisticamente terrorista. Maria si interessava di Sendero da qualche mese e ne era quasi affascinata al punto da provare ammirazione per quelle persone che altro non chiedevano che terminasse l'ingerenza straniera nel Paese. Ne condannava certamente le azioni pur sentendosi a volte parte di esso.

Guardò di nuovo l'orologio. Le 3.15.

Stanca di leggere, alzò gli occhi e vide che la luna era più grande del palmo della sua mano. Si impressionò e provò un brivido; poi guardò in basso e cercò di calcolare lo spazio che divideva le ruote del mezzo dal limite della carreggiata. Forse neanche un metro. Dopo una serie di curve sul filo del rasoio, la strada si aprì finalmente sull'Altipiano maestoso. Il buio non permetteva di individuarne i confini e il chiarore lunare illuminava le sagome delle pareti montuose che si ergevano maestose in lontananza, come fossero divinità.

La parentesi del Cuzco non era altro che un regalo che faceva a se stessa. Non si passa da quei luoghi senza puntare in alto e volarsene come un condor fino al cuore dell'Impero Inca, al centro pulsante del *Tahuantinsuyo.*

Erano partiti da circa un paio d'ore e non erano previste soste fino alle 4.00, quando avrebbero raggiunto Sicuani. Maria si accorse di avere bisogno di orinare, ma preferì evitarlo per non dover scavalcare i mille bagagli sparsi sul pavimento dello stretto corridoio. Qualcuno si era addirittura portato una gabbietta con tre, quattro galline.

Provò a resistere fino alla fermata successiva, quando si sarebbe sgranchita le gambe e bevuto qualcosa di caldo. Le stazioni lungo la Ruta altro non erano che piccolissimi edifici, di solito con due stanze. Quella principale, cui le persone di passaggio avevano accesso, e un piccolo retrobottega con un bagno, spesso diviso dal resto della stanza semplicemente da una tenda. Servivano, a volte, una bevanda simile al caffè, ma così allungata e di sapore amaro da sembrare quasi un infuso di erbe. *Chicha,* invece, ce n'era sempre in abbondanza e bene esposta nei contenitori simili ai secchi usati dagli imbianchini, che si facevano beffe di qualsiasi norma igienica. La bevanda alcolica ricavata dal mais fermentato ti veniva servita al bicchiere con un mestolo di ferro e, se riuscivi a berne un sorso dopo averne sentito l'odore, la tua gola si chiudeva rifiutandosi di lasciarle raggiungere lo stomaco, se non con uno sforzo di volontà.

Si perse nei mille pensieri pregustando l'alba dorata che l'attendeva al Cuzco e Milo che l'avrebbe accolta alla stazione. Si chiese come sarebbe stato finalmente incontrarsi dopo le chiacchierate al telefono, sempre troppo brevi per le tariffe che nessuno dei due poteva permettersi e il flirtare insistente degli ultimi giorni. «Ti aspetto qui da dove non ti lascio più ripartire» sentì risuonare nella testa le sue parole e il brivido scese giù, fino all'inguine. Strinse la mano fra le gambe e andò a cercarlo, chiuse gli occhi e dimenticò il pianto del bimbo.

Sognò di Milo fino a quando…

Spari.

Spari.

L'autobus frenò bruscamente, svegliandola del tutto. Sentì forti colpi alla porta che costrinsero l'autista ad aprire. Un uomo di bassa statura fece irruzione nel corridoio spaventando i passeggeri delle prime file con un fucile. Altre due persone spuntarono da dietro e Maria vide che si trattava di donne. Le sentiva urlare e minacciare in quella lingua che lei amava e che associava ai testi delle melodie oppure alle parole gentili che uscivano dalle bocche incastonate sui visi squadrati delle *cholitas* avvolte nei loro abiti colorati, quelli che nei mercati attiravano l'attenzione dei turisti. Osservò l'autista sbracciarsi, fermo al posto di guida. Cercò di comprendere il senso di quelle parole pronunciate in lingua *quechua*, ma non ci riuscì. Sentì altri colpi, fino a quando il conducente si decise ad aprire del tutto e un secondo uomo fece irruzione sull'autobus. Maria vide i passeggeri che cominciavano ad alzarsi, qualcuno spontaneamente e altri strattonati e buttati a forza nel mezzo dello stretto corridoio. Quando arrivò il suo turno, alzò le mani in segno di resa, evitando di parlare e scese dall'autobus.

Uno dei membri del comando fece disporre le persone una accanto all'altra, su una lunga fila. Qualcuno le diede un colpo sulla nuca e la spinse a terra; Maria si inginocchiò come gli altri e abbassò la testa sforzandosi di non piangere. Alzando appena gli occhi, vide che la luce del sole si diffondeva all'orizzonte tingendo il blu del cielo di una leggera tonalità di rosa. Si ricordò della sua coperta lasciata sul sedile insieme allo zaino. Volle toccarsi la pancia per assicurarsi di avere con sé soldi e documenti, ma quel lieve movimento attirò l'attenzione di un uomo che le urlò in faccia qualcosa di incomprensibile, prima di colpirla allo stomaco con un calcio. Sentì il dolore acuto e le mancò il fiato. A quel punto si accasciò.

I membri del *comando* parlavano fra loro e davano

istruzioni che lei non capiva. Pretesero da ciascuno i documenti che poi restituirono tranne ad alcuni, lei compresa. Divisero gli stranieri, lasciandoli in ginocchio con le mani dietro alla nuca e fecero risalire gli altri sulla corriera che ripartì immediatamente.

Maria sentì il rumore delle ruote sui sassi e ascoltò il mezzo allontanarsi lungo la strada fino a quando tutto sprofondò nel silenzio: le grida erano finalmente cessate. La donna accanto a lei l'aiutò a rimettersi in ginocchio, parlandole finalmente in spagnolo.

«No te preocupes, todo va a salir bien.»

Un uomo con un foglio fra le mani lesse alcune parole in un inglese stentato.

«Sòlo callate y quedate tranquila.»

Maria ascoltò la sua condanna a morte, senza processo e senza possibilità di parola. L'avrebbero giustiziata per la colpa di essere quello per cui non poteva chiedere scusa: una straniera, un'occidentale, la storia che il suo passaporto raccontava.

«Haz lo que te digan.»

Sentì uno sparo.

Spari.

Uno. Due.

Piangeva. In silenzio. Aveva paura.

Il bisogno di orinare tornò. Lo stesso che l'aveva colta ore prima. Prepotente. Stavolta non lo trattenne. Il calore tra le gambe le fece bene e finalmente si arrese.

Rimase così, ferma e si aggrappò a quel calore che la faceva ancora esistere.

Poi percepì il rumore secco che fanno i sacchi di farina quando vengono appoggiati a terra, una manciata di interminabili secondi fra un tonfo e l'altro.

Tre.

Il rumore dei colpi sempre più vicino.

Maria alzò la testa in un gesto che non voleva essere d'orgoglio ma di supplica e guardò il cielo. Pianse, cercando di ricordare il viso di Milo, in ogni suo unico e irripetibile dettaglio. La bocca che stringeva una sigaretta nella fotografia in bianco e nero che le piaceva tanto. La birra stretta fra quelle mani che aveva desiderato.

Poi contò ancora.

Quattro.

Cinque.

Luz

Amava l'aria umida della sera, quando il calore del sole concedeva una tregua e poteva finalmente uscire dalle fresche stanze per chiudere le persiane. In quel preciso momento si soffermava, respirando a pieni polmoni l'aria che sentiva entrare dentro. Ascoltava le cicale frinire e le rane cantare in concerti assordanti.

Compiva lei il rituale, ogni giorno alla stessa ora, come se avesse bisogno di una scusa per farlo. Si portava la sigaretta nascosta fra le mani, socchiudeva il vetro dietro di sé e frugava sotto i libri alla ricerca dell'accendino.

Sapeva che lui era lì, alle sue spalle, e che non avrebbe detto nulla. Gli concedeva quel tempo in cui si sentiva guardata e fantasticata, trattenuta dentro i suoi pensieri.

Seduta con le gambe nude e accavallate, Luz fumava e lasciava che l'odore entrasse nella stanza. Era il loro gioco. Lei era certa che il suo uomo avrebbe atteso il momento giusto, che non era mai troppo anticipato, per non interromperla in quel piacere che amava concedersi.

Contava dentro di sé, senza fretta. Immaginava le mani di lui posarsi sulle sue spalle, e il gesto con cui lei avrebbe girato il viso, piano, fingendosi sorpresa.

«Mi hai scoperta anche questa volta.»

Il gioco finiva a letto, la finestra spalancata, la frescura artificiale sprecata. Tutto sotto gli occhi attenti della foresta che stava là fuori e che non si stancava mai di guardare.

Le giornate trascorrevano lentamente, semplici e racchiuse in una routine che i due cercavano per mesi fra le cianfrusaglie di una vita che li inghiottiva, fino al momento di prendere quell'aereo. Lo stesso ogni anno, nello stesso giorno.

Luz preparava con un anticipo di almeno due settimane la sua valigia. Da quel momento, l'aria attorno alla donna cominciava a cambiare. Lei si faceva più leggera e sorridente. Svolazzava per la casa che teneva ordinata e pulita. La dispensa si riempiva di cibo e i vestiti di tutti erano sempre puliti e stirati.

«Parti ancora, mamma? Non avevi detto che avresti venduto la casa?»

«Vieni qui che ti sistemo un po'. Siediti.» Luz prendeva la spazzola e cominciava ad accarezzare i capelli di sua figlia come fossero una seta da scegliere per confezionare il proprio abito.

«Ti mancherò ancora così tanto? Non sei troppo grande per dipendere sempre da tua madre, signorina?» Luz sorrideva e la felicità aveva lo stesso colore verde dei suoi occhi.

«Non è questo. È che volevo sapere perché non possiamo venire con te. È dalla morte del nonno che non ci porti.»

«Credimi, non è la stagione migliore. Non hai idea dell'umidità che ti stringe la gola e non ti lascia respirare. E poi, mi pare che non siate mai contenti.»

Luz ebbe un gesto di stizza, posando in malo modo la spazzola e Ana ci rimase visibilmente male.

«Scusami, mamma. Mi dispiace.»

Luz guardò sua figlia e la vide per quello che era. Una giovane donna con poche intenzioni di diventare adulta.

«Sono io che mi scuso» si sedette di nuovo accanto a lei. «Facciamo così: il Natale lo passiamo insieme qui con i nonni paterni e ti do il permesso di invitare chi vuoi.»

Le prese una mano fra le sue. «Starò via un mese e ti assicuro che passa in fretta. Già lo sai. Torno a casa mia che ha sempre bisogno di piccole manutenzioni e, come ogni anno, porterò i tuoi saluti al grande Fiume. Sai una cosa che mi viene in mente?»

«Cosa ti stai per inventare, mamma?» chiese Ana, con un sorriso interlocutorio.

«Se tu e tuo fratello mi promettete di andare d'accordo e di occuparvi della casa, quest'anno posso evitare di chiedere a Flor di trasferirsi qui. Penserete a tutto voi.»

Ana fece un salto dalla sedia. «Vado subito a dirlo a Julián. Mi dirà che sei impazzita.»

Corse fuori dalla stanza e Luz rimase sola con la spazzola ancora fra le mani. Realizzò che mancavano solamente pochi giorni alla partenza e fu lì, nel basso ventre, che la sua voglia si accese.

«C'è una zanzara nella stanza e mi ha punto.» Prese la mano di Samuel e l'appoggiò sotto al seno.

«Fammi sentire dove.»

Tutto era gioco fra loro, anche la puntura di una zanzara. I vestiti rimanevano ripiegati con cura sulla spalliera della seggiola, inutilizzati per giorni.

Le scarpe, però, no. A lui piaceva che Luz le indossasse, un vezzo che accendeva una scintilla di malizia. A volte lei si sentiva ridicola, persino imbarazzata. «Non so se mi piaccio ancora, sto diventando vecchia.»

«Sì. È vero. Stai invecchiando e lo stesso succede a me.»

Luz lo guardò con attenzione, studiando i dettagli del suo viso e del corpo, rendendosi conto che Samuel non sembrava affatto invecchiare. Aveva muscoli ben definiti e i lunghi capelli neri gli conferivano un fascino intatto. Sentì il desiderio di affondarci le dita. *Perché ai maschi succede più lentamente?*

«Potrei rifarmi il seno.» Se lo tirò su con le mani, alto e sodo. «Guarda, così sembra quello di mia figlia» e scoppiò in una risata calda, come piaceva a lui.

L'uomo la sorprese, avvicinandosi appena al suo orecchio. «Aspetta, fammi provare» mormorò con voce bassa, facendola rabbrividire.

Luz avvertì il calore della sua bocca sul seno, sentì le labbra di Samuel scivolare lentamente, soffermandosi con premura, indugiando come a volerne assaggiare la morbidezza. Ogni centimetro della pelle della donna divenne una mappa che lui volle scoprire, ogni tocco una promessa di ciò che sarebbe venuto dopo. Le dita dell'uomo si mossero lente, tracciando un percorso deciso, esplorando ogni curva in una ricerca intima e paziente che l'accendeva, conducendola verso il piacere.

I loro respiri si fecero sempre più affannosi e l'aria nella stanza si addensò, palpabile e satura di desiderio. Ogni movimento, ogni carezza, li avvicinava al limite, mentre il gioco si trasformava in una passione avvolgente, in un'unione che chiedeva di essere vissuta senza riserve, fino in fondo.

Luz si abbandonò inerme sul loro letto e lo accolse sopra e dentro di sé, accompagnandone i movimenti con la maestria di colei che sola sapeva come compiacerlo. Sentiva il sudore di Samuel cadere sul proprio viso come gocce di pioggia, fino a quando lui si accasciò inerme, abbandonando il peso sul corpo di lei. Restarono a lungo in quell'attesa con le mani intrecciate, aspettando che i loro respiri si calmassero. Poi, Samuel le scostò i capelli dal viso e si perse nei suoi occhi.

Un mese può sembrare un'eternità o dissolversi in un battito, schiacciato dalla mutevole consistenza del tempo. I luoghi comuni insistono nel dirci che tutto è relativo, anche lo scorrere dei giorni, come se bastasse a spiegare quell'enigma: dipende da come lo vivi, da quanta felicità riesci a raccogliere, da come riesci a riempirlo. Dipende da infinite sfumature. Eppure, quel mese scorreva sempre uguale, uno soltanto in un anno, ma abbastanza per lasciarsi dietro l'eco delle piccole cose incompiute. Anche le minime riparazioni che Luz si era ripromessa di fare alla casa finivano inesorabilmente rimandate all'anno successivo, quasi fossero granelli di attimi lasciati scivolare tra le dita.

L'arrivo in aeroporto, la tensione dell'attesa che pulsava sotto la pelle, il guardarsi attorno cercandosi tra la folla, quel bacio che avevano immaginato e sentito sulle labbra per un tempo che era sembrato infinito e l'urgenza di fare l'amore, subito, sotto gli occhi di tutti. La magia si compiva, fragile ed esplosiva e poi, troppo presto, di nuovo l'aeroporto e Luz che piangeva, mentre lui chiedeva: *Perché no*?

«Perché è così che deve essere» sussurrava lei, con la voce rotta e lo sguardo fermo. «Altrimenti sarebbe tutto diverso. E io non voglio che lo sia.»

Allora lui, come sempre, accettava e rispondeva che «va bene così, amore. Come desideri tu. Io ti aspetto» mentre la stringeva forte fra le braccia e poi la lasciava andare, ancora una volta.

In mezzo c'era la vita che non era fatta di loro due. Per loro non c'era posto. E mentre Luz scompariva oltre i controlli di sicurezza, lui rimaneva lì, come sospeso, consapevole che, in fondo, l'attesa era l'unico modo in cui potevano continuare a esistere insieme.

Una conchiglia fra le mani

Mi ritrovo a compiere una semplice azione come faccio oramai ogni mattina da quando sono approdata a questa città che ho scelto come ultima tappa del mio peregrinare. Cammino sulla spiaggia e guardo l'oceano, che è grigio e spumoso, minacciose le sue onde alte. L'odore della salsedine mi entra violento nelle narici e io aspiro con forza e non posso trattenere le lacrime. Cammino e piango perché so che tutto questo mi mancherà. Ho scelto Lima da cui fare rientro. Ho abbandonato l'allegria e i colori, ho lasciato le amicizie alle spalle. Scelgo il grigiore perché l'ultimo sentimento a pervadermi sia la malinconia.

Cammino e vorrei stringerle la mano forte anche se lei non c'è. Non è qui accanto ed è giusto così.

Rallento il passo e osservo una bambina che mi viene incontro. Ha tratti occidentali e lunghi capelli biondi. Mi porge una conchiglia e io la prendo e la osservo. Grande quanto il palmo della mia mano, presenta striature rosate e il suo contorno irregolare è danneggiato da piccole scheggiature. Noto con stupore che non è perfetta. Nulla lo è. La bellezza sta nella mancanza di perfezione. Alzo lo sguardo e incontro quello della bambina.

«Perché piangi?» mi chiede.

«Perché ho paura» le rispondo.

Lei forse la paura non la capisce, non l'ha ancora razionalizzata. Questo compito spetta a noi adulti: razionalizzare le nostre paure, dare loro un senso. Mi chiedo perché lo si faccia, affannandoci nel tentativo di trovare una definizione per ogni cosa, di chiamare le emozioni per nome. Ci guardiamo ed è l'impressione di un attimo che mi chiude lo stomaco. Mi riconosco nei suoi occhi, potrei quasi toccare quell'innocenza in bilico sul ponte malfermo. «Non guardare mai in basso, ma scegli di andare avanti.»

Mi osserva, ancora non capisce. È presto. Mi rendo conto che sto parlando a me stessa e mi asciugo gli occhi.

La bimba mi sorride e corre via. Raggiunge i genitori che passano oltre, facendomi un cenno che contraccambio. Lei mi sfiora l'abito con la mano, si volta e ho la sensazione che finalmente mi veda.

Comincio a sentire freddo. Oggi il sole si nasconde. Una leggera nebbiolina si alza dall'oceano e si mescola allo smog coprendo i cieli di questa città enorme e brutta, a detta di molti. Io la trovo romantica e decadente, sposa di anime tormentate.

Stringo la mia conchiglia fra le mani e decido che è ora di tornare e salutarti, amore mio. Non lo so se ti troverò sveglia e non so se ti scuoterò leggermente per una spalla quando ti scoprirò addormentata. Forse avrò solamente voglia di guardarti ancora una volta. Forse al tuo risveglio non mi troverai.

Risalgo lungo la spiaggia e mi lascio l'oceano alle spalle. Sento chiaro il suo rumore e sento che mi richiama indietro. Ho un peso legato alla schiena che rallenta il mio passo e lo rende faticoso. Io arranco e me lo trascino dietro. È difficile, ma ce la faccio. Sento la forza crescere nelle gambe che non arrestano il loro passo. È ora di tornare.

Giro piano la chiave nella porta perché non voglio fare rumore. Socchiudo delicatamente e lascio che i miei occhi si abituino alla penombra della stanza. Non c'è fretta. Il mio aereo partirà questa sera, ma io me ne andrò in anticipo perché non amo gli addii.

Ti vedo, finalmente; riconosco i tuoi contorni che si delineano e la tua sagoma che si confonde con le lenzuola bianche.

Ti guardo mentre dormi e vedo l'America. La scorgo nel colore della tua pelle e negli occhi grandi e scuri nel fondo dei quali ci sono le alte montagne della Cordigliera. Osservo le linee del tuo viso e ritrovo i fiumi che ho navigato. Le anse dietro le quali si nascondono i villaggi dei pescatori, le correnti tranquille che accompagnano le chiatte. Mi avvicino a te e mi chino per annusare i tuoi capelli che sanno degli oceani che bagnano le coste ininterrotte rivolte ai quattro punti cardinali. Ti sfioro il collo sottile che scende fino alle spalle, dritto come le possenti cascate che spaventano il visitatore e il cui rumore assordante fa fuggire gli uccelli.

Scosto il lenzuolo e osservo il tuo splendido corpo di animale. Che ruggisce, graffia, mugola, morde. Lo vedo perfetto, come se Dio l'avesse disegnato per ultimo, dopo essersi riposato. Il tuo corpo è tutto ciò che cercavo, non ho mai chiesto niente più di questo. Ho fatto l'amore con te durante i miei viaggi, ti ho posseduta senza mai chiederti se ne avessi voglia anche tu. Abbiamo lottato nel nostro letto fino a sfinirci. Ti ho avuta sempre, ma tu hai vinto me. Ho creato legami, ho avuto la tua gente, i tuoi paesaggi, ti ho toccata e annusata. Ma tu mi hai vinta. Ho mangiato e bevuto di te, ho visto i tuoi colori. Tu mi hai vinta. Non mi è bastato possederti, non sono sufficienti le volte che ti sei concessa a me. Hai sempre vinto tu.

Mi siedo accanto e bacio i tuoi piedi, che sono terra che ancora non ho visitato. Il freddo mi ha tenuta lontana, forse anche la mancanza di un legame. Immagino in essi la mia prossima meta, la disegno nella mente, la imprimo nei pensieri e ho già voglia di tornare.

Sei nuda adesso nel nostro letto, dormi e non ti accorgi della mia presenza. Sudi e io percepisco i tuoi aromi. Ti odoro e ti lecco, voglio tutto di te. Ti guardo e non mi stanco. Mi alzo e ancora ti guardo. Cammino verso la porta, sempre rivolta a te perché non ho la forza di girarmi. Mi fermo appoggiandomi allo stipite perché mi sento mancare e vorrei svegliarti. Come sarà starti lontana?

Respiro l'odore della stanza un'ultima volta ancora, poi mi giro e finalmente chiudo la porta dietro di me.

Ti lascio adesso perché è necessario che io faccia ritorno alla mia terra che mi chiama indietro. Ti lascio perché è giusto così. Ho scelto anche se è stato difficile. Ho scelto anche se fa male ogni giorno.

Eppure ti cerco con la costanza di chi muore dentro, poco a poco. Ti cerco con le orecchie quando la tua lingua arriva a me casualmente. Ti trovo, a volte, mentre cammino o quando un libro mi capita fra le mani, quando sono seduta su un treno, quando inseguo il tuo ritmo. Ti ascolto e mi entri dentro, concedendomi quel poco di serenità di cui il mio animo ha bisogno per dormire tranquillo.

Ti lascio adesso e già sento forte il desiderio di tornare da te.

Perchè non scrivi di me?

«Perché non scrivi di me?»

Mi rendo conto da subito che la mia domanda le arriva come una staffilata al fianco. È seduta qui di fronte e sta fumando. Lo fa alla sua solita maniera: con la mano sinistra e aspirando così velocemente che la cenere resta come in bilico e non si stacca e rende buffa perfino la sigaretta che di buffo non ha niente.

È domenica e oggi fa particolarmente caldo. C'è un buon clima in casa, siamo tutti abbastanza distesi. Lei, però, non sta bene, dice che forse è la pressione o una gastroenterite a cui dà la colpa; ma magari se l'è inventata. A volte mi accorgo che si nasconde e piange. Credo che lo faccia spesso ultimamente.

Stiamo cercando di aggiustare l'orologio che si è rotto lo scorso anno, il nostro specchio che si è incrinato. C'è impegno da entrambe le parti e ci sono colpe che pesano sui piatti di una bilancia che è antica come lo è il mondo. Sempre la solita storia, facile a dirsi, perché quando capita a te hai la presunzione di attribuirle una certa unicità, ossia una esclusività che invece non ha.

Aspira ancora quello che resta della sua sigaretta, fino in fondo, e poi la spegne nella conchiglia, con un gesto lento che sembra studiato per il palco di un teatro. Forse le serve per prendere tempo.

«Ho già scritto di te.» Mi risponde sicura del fatto suo e con l'intenzione di cambiare discorso già registrata nello sguardo.

«Hai scritto di un ragazzo di ventisei anni in viaggio a Lima. È passato troppo tempo da allora. Mi piacerebbe che tu scrivessi dell'uomo che sono adesso.» Ecco, l'ho messa in difficoltà e non era quello che volevo, ma ho bisogno di certezze. Ho bisogno di lei.

«Come è armoniosa la Vergine Nera.»

«Sì, è bellissima. Un po' piccola rispetto a come me l'immaginavo, però i suoi occhi ti guardano dentro.»

Ma io sono una ragazzina e voglio uscire da questa chiesa. Vorrei quel maglione di alpaca in bella mostra sulla bancarella del mercato e, invece, abbiamo finito i travelers cheques. Come è possibile? Eppure sì. Eravamo convinti di aver contato bene, ma non ne abbiamo più, di soldi.

«Pazienza, a Puno cercheremo una banca e sono certo che troverai un maglione più bello di questo» mi hai detto.

Sei sempre stato il mio punto di riferimento. Quello saggio fra i due. Si dice che fra simili non si sta. Meglio scegliersi chi è diverso. Ma così tanto... E poi?

In che casini ci siamo cacciati io e te? Tanti, tantissimi. Casini che trasformo in aneddoti e racconto agli amici e tu mi prendi in giro perché dici che ingigantisco i fatti. Mi correggi da sempre: date, numeri, avvenimenti e mi fai fare brutta figura; tu che invece hai un'ottima memoria e ricordi tutto. Ma forse io l'anima della sognatrice ce l'avevo già. Magari è solamente il mio modo di vedere le cose. Che anziché guardarle, io le immagino.

Lei le immagina.

Siamo cambiati, ci siamo fatti tanto bene, ma anche del male, però siamo ancora qui.

Allungo la mia mano e le alzo delicatamente il mento perché troppo spesso lei abbassa la testa, come se fosse schiacciata da un peso che ammette di non riuscire a portare. Ha davvero sbagliato lei sola?

Io ho paura quando lo dice e sento la portata di quell'errore che grava come un masso sul cuore, troppo pesante per la sua ossatura esile. Vorrei urlarle le mie colpe, ma lei si chiude le orecchie con le mani e non mi vuole ascoltare. Credevo che avessimo sempre condiviso tutto.

Siamo cambiati, ciò che è accaduto ci ha trasformati per sempre; ma forse la strada era già intrapresa, i piedi erano in viaggio da tempo.

«Non pensi che la nostra storia meriti un posto di privilegio fra i tuoi racconti? L'amore è un viaggio» le dico. «Il nostro è lungo e io voglio essere per te il migliore degli amanti.»

Ecco, l'ho fatta piangere un'altra volta. Perché invece non parli con me? Perché non me lo dici che sono davvero il migliore degli amanti? Perché non scrivi di questo nostro viaggio per quello che è, unico e speciale?

Ci prendiamo le mani e finalmente mi guarda.

«Sto veramente bene con te» ti dico. «Sto bene con i tuoi occhi e con il tuo abbraccio. Segnatelo» e rido, mentre lo faccio.

Finalmente sorridi anche tu e mi rispondi, come nel famoso film: «Mo' me lo segno…»

La tensione si stempera e ti cerco un bacio, di quelli

caldi e umidi che ti piace tanto descrivere con le parole. Quanti ce ne siamo dati così?

La nostra è una storia di vita, un viaggio di amanti che si sono trovati, persi e poi ritrovati, forse. Noiosa, ma di così lunghe non se ne sente spesso.

Faticosa, abbiamo lavorato tanto però ci siamo presi le nostre soddisfazioni e anche le nostre libertà.

Ragioniamo su questo concetto: sul significato che attribuiamo alla libertà, la quale vale come monete sonanti che luccicano in fondo alla sacca. Io adesso ho capito che per te ha altro sapore rispetto a quello che invece lascia nella mia bocca. Dobbiamo trovare un punto d'incontro perché non siamo uccelli da chiudere in gabbia e osservare. Siamo da vivere e ammirare come gabbiani che compiono il loro volo sul mare e arrivano alla meta.

Fumiamo ancora, parliamo fino a stancarci anche se il calore è aumentato e l'ombra se ne va, lasciando esposti al sole i nostri volti.

«Quasi non ti vedo più. Mi fanno male gli occhi» mi dici portandoti una mano al viso.

«Non devi fare altro che chiuderli.» Questa frase mi esce così, fra l'incoscienza e l'eccessiva cautela che adesso uso con te come se fossi un piccolo oggetto di porcellana che ho il potere di rompere, basta che stringa forte il palmo della mano.

«Io li chiudo e tu mi tieni se cado. Mi prendi in braccio e mi porti via.»

«E dove vuoi andare con me?»

«Andiamo di sopra» mi dici. E lo sai che così vinci tu. Vinci sempre tu.

Chiudiamo le persiane e la penombra avvolge la stanza che si stringe attorno a noi.

Saliamo in silenzio. Tanto, di parole, ce ne siamo lasciate troppe addosso. Le ultime restano lì, fuori dalla porta. Con molto altro.

Ti spoglio piano. Non ho fretta. Non più.

Adesso sono le mani a parlare. E il corpo ascolta.

Ti guardo come si guarda una ferita che non smette di sanguinare e che pure, non si vuole curare.

Non lo so dove andremo. Ma adesso ci sei tu, io, questa stanza. Nient'altro.

Solo pelle. Solo noi.

Per una volta ancora, fino a sparire. E questo ci basta.

Tu su quale lato sogni?

Ricordo la prima volta in cui lei mi disse che quando sognava, preferiva farlo distesa a letto, sul suo fianco destro.

Mi spiegò, per essere precisa, che cominciava un sogno su quel fianco, per poi provare a terminarlo dopo essersi girata sul lato sinistro.

O meglio, il sogno non lo terminava perché sopraggiungeva quasi subito il sonno a interromperne l'effetto.

«È questo ciò che preferisco» mi disse la volta in cui mi rivelò il suo segreto.

«Cosa è ciò che preferisci? Non capisco.»

«Preferisco addormentarmi presto e non terminare il mio sogno.»

«Una persona non può "decidere" quando è il momento esatto di addormentarsi. Il sonno arriva quando arriva. E poi, perché scegliere di interrompere un sogno?»

«Perché in questo modo, esso mi accompagna durante la giornata: mi cullo nel suo ricordo e pregusto il momento in cui potrò buttarmici nuovamente dentro» mi rispose compiaciuta e aggiunse: «E poi sì, certo che una persona può decidere per sé quando è il momento migliore per smettere di sognare e addormentarsi. Così, tanto per restare un altro po' sulle spine nell'attesa di scoprire come va a finire».

«E cosa te ne farai di tutti questi sogni lasciati a metà?» le chiesi, incuriosito.

«Pensavo di raccontarli. Forse potrei cominciare a scrivere e magari ne esce qualcosa di buono.»

«Certo, ma poi tutti sapranno quali sono i tuoi desideri, quali le tue passioni e conosceranno il tuo dolore. Assaggeranno le malinconie e la frustrazione per ciò che hai lasciato incompiuto. Non ne sarai gelosa?» La domanda la feci più a me stesso, chiedendomi se io non ne fossi geloso, quasi a desiderare di possedere i suoi sogni, di stringere forte le mani per non lasciarli scappare via, perché lei non potesse metterli su carta e gli altri non li potessero vedere.

«Li voglio condividere perché sono troppi e dentro non ci stanno più. Voglio che escano fuori.»

Ne rimasi affascinato e la notte divenne per me il momento in cui compiere un rituale. L'aiutavo a sdraiarsi sul suo lato destro, la coprivo con cura e la osservavo mentre si sistemava e chiudeva gli occhi. Le palpebre seguivano un movimento quasi cadenzato come quello di un metronomo e mi mostravano i suoi sogni.

C'era quello di quando lei mi baciò sulla bocca e mi toccò il seno e io la lasciai fare perché lo avevo desiderato dal momento in cui la riconobbi fra gli altri in quella stanza a picco sul mare; c'era il sogno di quando lo incontrai per caso in un negozio e ci guardammo e sapevamo entrambi che ci eravamo cercati da sempre; c'era il viaggio che feci da sola in una terra lontana e senza lasciare detto dove fossi perché non era necessario che sapessero; oppure il sogno di lui che mi abbracciava sul nostro balcone affacciato sulla foresta e io desideravo che ci spogliassimo dei nostri vestiti per fare l'amore a lungo e senza fretta; c'era la prima volta che assaggiai un peperoncino così piccante da rimanere senza fiato e ne volli ancora.

Correvano, i sogni, sotto alle sue palpebre attraverso le quali io potevo leggere. Sogni misti a ricordi che lei sapeva trasformare rivelandoli a me oppure celandoli dietro a veli così trasparenti che ne sentivo attraverso il sapore amaro sulla mia lingua. Mi stordiva la vista dell'intonaco spalmato grossolanamente sulle pareti della casa della sua infanzia. Mi inebriava il profumo del pane che si diffondeva dal forno alla cucina. E poi, c'erano le scale dell'università dove aveva dimenticato il suo segreto.

Quando il movimento degli occhi rallentava, capivo che era arrivato il momento di aiutarla a mettersi sul lato del sonno, quello sinistro. Ed era come spegnere davvero la luce. Controllavo che fosse serena e le toglievo i capelli dal viso perché non le solleticassero la pelle. Tutto si esauriva in pochi attimi e io già sapevo che lei dormiva, perché aveva smesso di sognare.

Dischiudeva leggermente le labbra e il respiro si faceva profondo. Si abbandonava al cuscino e piegava appena il suo ginocchio. A quel punto io ero sazio di lei e vi rinunciavo. Mi giravo dal mio lato del letto e spegnevo la luce. Ascoltavo il suo respiro e aspettavo con pazienza di addormentarmi.

Non so esattamente quando smise di sognare accanto a me nel nostro letto, ma so per certo che fu un atto improvviso e inaspettato. Fu quella sera quando mi allontanò e desiderò sdraiarsi subito sul suo lato sinistro.

«Perché lo fai?» le chiesi. Ma non ottenni risposta. Solo un sorriso forzatamente rassicurante, quasi enigmatico. Il sorriso di chi ha deciso di celare quel poco rimasto nascosto. Teneva gli occhi bassi e non mi guardava.

Inizialmente me ne preoccupai poco e pensai fosse un malessere passeggero, ma le sere si susseguivano e lei non sognava più. Le chiesi diretto se la colpa fosse mia e il sorriso riaffiorò sulle sue labbra, indecifrabile, un gesto che non le riconoscevo.

Io vivevo per lei, non ve lo posso nascondere e avrei tanto voluto essere il protagonista dei suoi sogni, quelli veri, sul lato sinistro. Dove il desiderio arriva dall'inconscio, remoto, nascosto e riaffiora come la più gradita delle sorprese. Dove non è richiesto alcuno sforzo. Ma forse non mi appartenevano né il tempo e nemmeno il luogo di quei sogni. Eppure io non lo compresi subito.

Lei se ne andò senza un biglietto, senza una spiegazione. Intraprese il suo viaggio da sola per dare un senso a quei sogni, ordinarli e imparare a raccontarli. Il suo abbandono mi lacerò dentro e per sempre. La cerco ancora là, ogni sera, sul loro balcone affacciato sulla foresta oppure su quell'aereo. Mi sdraio sul mio lato destro, ma non riesco a trovarla. Forse si è allontanata troppo e ha perso la strada verso il nostro letto. Tendo il mio braccio e la chiamo, ma non sento risposta.

Resto qui, paziente, attendo che termini il suo peregrinare, il suo bisogno di spazio per volare. Nemmeno io ho fretta e forse lei sta già tornando.

Ringraziamenti

Questo libro non esisterebbe senza le persone che lo hanno accompagnato, sostenuto e modellato lungo il cammino. Il mio grazie va innanzitutto a Edizioni Open e al mio editore Tiziano Pitisci, per aver creduto in queste pagine e averle accolte con cura e fiducia, e alla mia editor Tatiana Covino, guida attenta e sensibile.

Un grazie speciale a José Alberto Cervantes López, che ha dato forma visiva a queste pagine disegnandone la copertina e restituendo in immagine ciò che io avevo affidato alle parole.

Ringrazio Micol Fusca per la sua collaborazione generosa e per la sua amicizia. Irene Magni, che sa guardare oltre le parole e riconoscere la mia anima, e per la prefazione che leggerò per la prima volta solo sulla carta. Ringrazio Mary Malavasi, compagna instancabile nella mia personale battaglia contro la punteggiatura.

Ringrazio la fotografa Federica Pirovano, che ha curato con sensibilità e sguardo attento il video di presentazione del libro, e YL Guanchéz Cabrera, amica cara, che ha dato voce a immagini e parole.

Alle persone incontrate viaggiando, a chi è entrato nella mia vita senza promesse e senza mappe. Compagni di strada, amanti viaggiatori, presenze nate tra una partenza e un ritorno, capaci di lasciare un segno per il tempo di un incontro. Ognuno di loro ha cambiato il mio passo, anche se solo per un momento. Da quelle tracce sono nate queste storie, e dalle storie questo libro.

A mia madre, viaggiatrice dell'anima, instancabile e ai miei figli, cui devo più di quanto possa dire perché sono lo specchio in cui riconosco la persona che sono diventata.

A Luca, che non ha mai smesso di viaggiare con me, la mia gratitudine più profonda, per aver condiviso strade, sogni e orizzonti, e per avermi aspettata quando mi sono persa, ritrovandomi lungo il cammino.

Biografia

Cristiana Pezzotti ama viaggiare, ama le persone e ama ascoltare le loro storie. È da questi incontri, spesso inattesi, a volte fugaci, sempre trasformativi, che nascono i suoi racconti.

Laureata in Lingue e Letterature Straniere con una formazione antropologica, osserva il mondo con uno sguardo attento alle relazioni, ai legami e alle tracce emotive che i viaggi lasciano.

Ha pubblicato racconti e articoli su antologie e riviste letterarie e scritto testi teatrali, oltre a tradurre dal portoghese.

Storie di amanti viaggiatori nasce da esperienze vissute, strade percorse e incontri che hanno cambiato il suo passo. Una raccolta in cui il viaggio diventa spazio dell'anima e l'amore una forma di movimento.

Scrive per trattenere ciò che altrimenti andrebbe perduto, gli incontri, i legami, le storie nate lungo la strada.

Nel 2023 ha pubblicato il suo primo romanzo, Isabel, con Edizioni Open, portando per la prima volta le sue storie di viaggio sulla pagina lunga di un romanzo.

Sommario

Alcuni commenti pubblicati sulla piattaforma EdizioniOpen.it

In un'epoca tanto difficile, i tuoi racconti hanno il potere di evocare "l'amore al naturale". Quell'amore che appartiene a tutti i generi, che nasce dal profondo ed è l'antitesi di tutto ciò che è costruzione e costrizione.
Un manifesto di ciò che dovrebbe essere sempre.

[Micol Fusca]

Un racconto per molti aspetti "magico" che non è mai esercizio di stile, ma che si fregia di una narrazione autentica e incantata insieme e che implica grande trasporto dell'autore e del lettore attraverso quei personaggi che, in chi legge, prendono gusto nel vivere, nello stupire, nell'agire con proprie cosmogonie interiori ed esteriori. Certo vive suggestioni alla Marquez ma anche Borges e De André e tanta letteratura del desiderio, dell'incertezza, della fascinazione ma, soprattutto, tuo.

[Antonio Tammaro]

Leggere questo racconto è stato disarmante, ritrovarsi in ogni singola riga, ritrovare i sogni, le speranze, gli sbagli, e anche il dolore, che sono un poco di tutti, come le storie d'amore, uniche e universali al tempo stesso. Io credo che la scelta di far narrare "lui" sia uno dei più grandi atti di amore che mi è capitato di incontrare.

[Irene Magni]

Cosa succede alla protagonista di questo racconto? Cosa è cambiato in lei rispetto all'inizio della storia? Cosa è cambiato attorno a lei? Forse niente, ma chi l'ha detto che nella vita debba per forza succedere qualcosa di rilevante? A volte l'esistenza è una bolla statica, sospesa nel tempo. Lo stesso tempo che cerchiamo per noi stessi e in cui desideriamo sognare, fare un bagno e abbandonarci al piacere. Fermare il tempo è il sogno di tutti, prendersi del tempo è un lusso per pochi.

[Tiziano Pitisci]

Sono arrivata alla fine con il cuore sospeso come se non ci fosse gravità.
Poi sono rimasta senza fiato, perché non posso fare a meno di domandarmi se questa coppia riuscirà a sanare le proprie ferite.
Lei scriverà ancora di lui? Magari in una pagina bianca, senza cancellare quelle precedenti dov'è conservato il tempo.
Ma per ora mi accontento di sapere che, anche se solo per i momenti in cui rimangono in quella stanza, possono fingere che quell'orologio funzioni ancora.

[Mary Malavasi]

Un racconto meraviglioso che fa sognare, e fa venir voglia di mollare tutto e partire. Una descrizione minuziosa che rende più concreti e quasi tangibili i luoghi che racconti, come le macchie di muffa nella stanza d'albergo. Il fascino irresistibile dell'oceano, con le parole e la bella foto che hai scelto. Anch'io come te, cerco sempre il contatto e la vista dell'acqua, ovunque. L'amore per il mare, che sai trasmettere molto bene, per noi isolani che viviamo sulla costa, è quasi una dipendenza, che diventa subito nostalgia, se ci allontaniamo un po'.

[Maria Luisa Manca]

Grazie per aver acquistato un libro Edizioni Open.

Se *Storie di amanti viaggiatori* ti è piaciuto, lascia una recensione su Amazon e consiglialo ai tuoi amici.

EdizioniOpen.it

www.ingramcontent.com/pod-product-compliance
Lightning Source LLC
LaVergne TN
LVHW090519110826
845146LV00003B/912

9791281128323